所有的過去，
都將以另一種方式歸來

吳淡如

目次

原來，心中有個不能被辜負的人，是最幸福的一件事。
妳沒說的，我後來漸漸懂了。

序言

我們都不是從零開始

這本書，我想寫了二十年。也許更久。

從我成為一個勉強被信任可以寫書的作家開始，我曾經像做田野調查似的，偶爾問我那位不是很健談的祖母一些有關過去的問題。

那些我還沒有來得及出生、參與的時光，還有我並不是完全了解其來龍去脈的過往，對我來說，是金銀島的某個山洞中曖曖發光的寶藏。

我十四歲就離家，我的房間理所當然地被弟弟接收了。後來偶爾回家，祖母的房間就是我的房間。事實上，我也樂得如此，可以跟她共擠一張床。她還會像對待小寶寶一樣，在根本沒有冷氣（後來有，她也捨不得開）的房間中，為我一邊搖著扇子，一邊睡去。因為我家花木扶疏，蚊子不少，夏天我們還用著蚊帳，她怕我熱、長痱子。

現在想來，心裡仍然有一股暖暖的洋流經過。

＊＊＊

其實我的田野調查很不順利。或者因為當時我覺得時光悠遠綿長，還沒有太認真。

然而，主要還是因為她不是會誇大記憶、讓過去變得有趣的人。她有一種日據時代讀過書的女性特有的「套路」：不管內心如何澎湃，看起來就是那麼安然自若，堅持著某種斯文優雅。

在她還未失智的時候，她很矜持，有些問題，不予回答，直接說：「這些過去了，不用問。」

我還記得某次她這樣拒絕我時，她的卡式錄音機正播著《桂花巷》電影主題曲的歌詞：「往事何必轉頭看，把伊當做夢一般……」，那是她最新的一個音樂卡帶，我買給她的。

也是她唯一還會繼續聽的。

在她漸漸失智之後，我和她就開始雞同鴨講。在她腦袋中，所有的過去被揉成一個雜糧麵團，一切時間點都混沌不清了。後來，連真實與想像都勾肩搭背地並存著。最後，她慢慢活成一個唱著小學時代日本童謠的孩子。那也許是她人生中最值得記憶的時光吧？其他的一切，都支離破碎，也不重要了。

然而，我是這樣想的，在她隨著大時代波濤努力活下去的一生中，記憶失去理路時，說不定她是最天真快樂的。那些她在意的糾葛，或許都不存在了。這讓我想起馬奎斯《百年孤寂》裡的魔幻寫實。原來，魔幻是這樣來的。

我是指精神上。

肉體上的，並不是。

雖然沒病的得享高壽，應允了我從小的一再祈禱，千千萬萬不要讓我失去她。

不過九十八歲去世的祖母，的確是在身體極不舒服的狀況下去世的。她給我印象中最後的聲音，剩下一聲聲呻吟，她的身體日益蜷縮，可能連躺著都不舒服了。

真是過意不去啊。我竟然連一個愉快的「句點」都沒有辦法送給她。不管我們擁有多少財富，願意付出多少代價，很多東西不是你想要買就買得到的。

上天真的決定了很多事情。

終於淡然明白什麼叫做盡人事、知天命。

＊　＊　＊

在這世界上，她是個很平凡的女人，不影響任何歷史，默默生存。

在我人生中，她是最重要的女人，影響著我的歷史，並且曾經主宰著我的生存。對我而言，她改變歷史的可能性勝於所有人類世界重要的領袖人物。

不提供激情，亦不提供座右銘；不提供經濟支援，也不提供典範。只是冷靜的、有條有理的，提供細水長流、暖洋洋的愛的來源。

只因為她是我生命中必然的股東之一。
並且不講求股東權益報酬率。

＊＊＊

我曾經以為自己有著某種「超」能力。例如，從小好像也沒有太懸梁刺股，總是能夠在殘酷的升學淘汰賽中勝出，要念什麼就念什麼，幾乎沒有花家裡什麼學費、補習費。比如沒有背景，被退稿了一百次還是當了作家。比如，在從來沒有拿過家裡一毛錢的狀況之下，出社會後也自己買了房子、建立家庭。比如，雖然在創業上經過大大小小的波折，畢竟也算是白手起家。

年齡慢慢大了，年輕的傲氣像雲霧散去了些，才發現我並不是真的從零開始的。

我們都不是從零開始的，我們站在很多人的肩膀上，才能夠有足夠的高度瞭望這個世界。

有人默默的支撐著。

他們並不曉得他們那麼重要。

我知道我能夠飛翔，其實是因為有人在我的翅膀之下穩穩地運作著風向。

＊＊＊

也許你也有一個跟我一樣深愛著你的祖母，有這樣一個家人，不管她有沒有被這個世界遺忘，你始終沒有忘記她。

在一個人的有限歷史裡，真相或者不重要，他心中如何理解與看待，才是最重要的。就跟《金銀島》的探險隊一樣，不管有沒有找到寶藏，旅程必須開始。召喚他的，並不是纍纍黃金，而是洶湧大海的呼喚。

對於這個宇宙，我們都非常渺小；不過，我們的人生冒險過程，還有那些曾經負責掌帆和幫助錨定的夥伴們，對我們最重要。
人、人生，是你自己覺得重要就好。

之一

書寫時光，記憶牆角處的虛幻懸案

記憶中她漸漸騎遠的背影，帶著朦朧而憂傷的感覺……這也或許來自我記憶的渲染。

祖母去世的前幾年，我曾經做過這樣的夢，還似乎不只一次。

夢中的我和她都很年輕，我們在逃亡，要逃到一個叫做越前的地方。

丘陵地，外頭是樹林，她坐在某種由馬拉拖的車廂裡，我似乎是疾疾策馬奔馳的人。

烏雲壓低了天空，山雨欲來，胸腔似乎都被潮濕的氣泡充滿了。

可是，追兵就在不遠的地方，達達的馬蹄響起了，好多支箭颼颼向我們射過來……。

我跟她說，撐著點，撐著點……

她仍然一味平靜，毫不驚慌，靜坐在不曾平穩過的小空間中。驚慌的只有我。

夢境裡不是亂世嗎？是啊，四處都是兵荒馬亂的嘈雜……

這時，一支箭咻的朝我的臉飛過來……

於是我就醒了。我很認真的依循著夢中看見的文字去找那個地名。

維基百科是這麼寫的：「越前，日本古代的令制國之一，屬北陸道，又稱越州。越前國的領域大約為現今福井縣的嶺北地方及敦賀市，初設之時的領土更大，還包含現在的石川縣全境。」

噢，原來在金澤那附近啊。

我很喜歡在夏天到金澤，住一小段時間，一個人。

當仲夏來臨，大地像蒸籠時，那邊不缺的是吹面不寒的楊柳風。二十七度的夏天，微笑的陽光和溫柔的風，就算不泡溫泉，也讓人感到連每個毛細孔都舒暢。每次大約住七天，每天都繞著金澤城的外圍跑步。

這是個小城。除了櫻花盛開時，遊客住久了，很難不感覺無聊。我天天試不同的小餐廳，東逛西混，甚至留心起房地產廣告來。中年以後，我的正職之一是商人，二〇一〇年開始，我在日本開設了一個房地產管理公司，還在東京投資過建案。

因為這樣，我在金澤買下了一間烤肉餐廳。十年了，應該很受歡迎吧？即使在疫情時期，也沒聽見租客想要閉館。在人口逐漸減少的地方添購不動產，實在不是理性判斷，還好這位日本廚師是好租客，很少聯絡，從沒添過麻煩。

我還報名過石川縣的馬拉松，因為疫情，還沒法跑成。

金澤的四月，兼六園千株吉野櫻怒放，是我所見過的人間極好風景。

不過，那個夢是什麼意思呢？大概只能說明我跟祖母的關係緊密，一直想要護衛她，正如她在我幼年時護衛我一樣。

這世界，不是每個問題都有明確答案。又不是法官，在處理案件，最終一定要有個判決……

我實在不想用無聊的理性或前世今生的迷信去分析它。留在不必懂的地方，比較美好。

所以，我把它封印在心中的一個玻璃櫃，並不常想起。然而，這卻是我記得最清楚的一個夢境。雖然我被嚇醒了，但是它絕對不是噩夢，反而像一趟比較驚險的旅行。

只隱約明白了一點：在我與祖母共同生活的歲月裡，她總是平靜而安然安享晚年，我總是焦慮浮躁的成長。我捨不得她，卻必須離開家，證明自己對人生有點需求，也已經長大。我一直憂心於生命、時光的失去，因為她畢竟大我近半個世紀。我們能夠相處的時間，誰也說不準，能有多久長？

＊＊＊

某一天，我記起這個夢，決定寫下關於祖母的點點滴滴。

其實，從我出第一本書開始，這個願望就藏在心裡。

這一段所謂的「隔代教養」，其實沒有一般學者提起時那麼負面。我很久沒有當一隻寫書的耕牛了。雖然總還是嘮嘮叨叨東寫西寫，寫些自己經營的公司做生意的廣告文案、社群媒體的雜感或博士班學期報告、古籍新詮什麼的……寫了很多字，像一隻沒了軛到處閒晃的耕牛，對我而言那些字並不叫真正的耕作。

新冠疫情中，被幽閉的某一天，忽然有一種動力，就像地熱噴發一樣，我覺得心裡的那些斷續的音符，似乎可以被放在某段五線譜上了。

我突然又記起了這個夢，然後像魔術師般，從帽子裡掏出五彩的繩子，掏啊掏，一節連著一節……沒想到，比我能意識到的記憶還悠長。

＊＊＊

其實就像《人生實用商學院》那樣的書，對我來說也不是寫作。那就是某種知識或資訊的整理和傳達吧。

為什麼那麼一長段時間不寫自己的創作？

對很多人來說，寫作是苦差事，但是對我來說，那是比語言還要自在或更容易的表達方式。

不寫，當然是違反習性的。如同酒鬼強迫自己戒酒或者要一個聒噪鬼靜默一樣，並不舒服。

我一直很愛寫，像歌手必須練歌、鋼琴家習於彈琴，或是像美食家寧可發胖也要吃，那是一種連靈魂也耽溺的狀態。不寫比較難，或許不是先天，是多年練習的結果；寫作的欲望在我心底像埋藏在地層裡的鈾礦，就算看不到它，它仍然在發散著某種放射性波長。我的人生成長根源於「寫」，如同榕樹牢牢抓住土地，命所懸焉，不能放手。不過大約十年前，在白頭髮逐漸滋生的「忽然有一天」，我決定禁止自己像往常那樣繼續規律性寫「書」。

去做別的事！

去！

好像循規蹈矩的好學生在強迫自己逃學一樣。

我是這樣命令自己的。

好些年，我回學校念書，我做生意、跑馬拉松、旅行，凡此種種，看似不務正業，其實都出於故意，我在尋找各式各樣美妙或費力的替代品。

希望它們能夠清空我被書寫占據的人生，或者也因為長期寫作的不良姿勢造成脊椎旋轉十五度，痠疼始終在和寫作的成就感抵抗。

可以說那一刻，我已經寫得讓我自己覺得油膩了。有一天我發現，自己其實坐在自己釘製的牢裡。我的慣性書寫已經發展出某種無堅不摧的邏輯，就像圈住囚犯的鐵柵欄一樣。幡然覺悟：自己愈寫、愈聽不到自己內心的聲音。

外加出版社編輯為了業績高度期許你的書能暢銷，說真的更令人不耐煩了。暢不暢銷，是做生意上的事情，事實上出書的收入相對於其它生意或投資而言微不足道，所以我的TA絕對不是暢銷。雖然，我能體諒。出版社如果是我開的，我也許也會這樣要求作者吧。

從我開始有一些「業外收入」後，我比較能夠面對出版社編輯或人們對自己「過氣」的批評。誰不會過氣？就跟生命必然漸漸凋零一般，能夠慶幸自己曾經燦爛過，是矣。作家本身不缺稿費維生，其實也是挺任性的自由權。

不寫，是一種很奇妙的踩煞車感，我想要脫離原來的軌道，就像是一個行星，想脫離命中注定的天體運行，儘管，他非常熱愛那個軌道，如果沒有它，他等於不存在。或者根本有自我毀滅的危險。

必須坦白承認的是，出書許多年，當過好長一段時間暢銷作家的我變得媚俗。似乎天生有種察言觀色本領的我，的確非常清楚什麼才符合大眾需求：辣，是必須調味，苦，是適時點綴。我竟被訓練成一個寫流行歌曲的作曲家，很清楚什麼樣的曲子會受歡迎，然而，那並不是我腦海中熱情跳動的音符。不想再為暢銷而寫的我，想脫離這種習慣性的討好。

此時，我處心積慮找回自己的真誠，如此這一年我熱切想要書寫往日時光。我的祖母，她一定曾經告訴我一些什麼啊。不為什麼，只因她存在過，也即將被遺忘。

＊＊＊

年輕時，一年出三、四本書，像織布似的我，一直以為自己總在誠實書寫，所有文字都出自於我的「就是這樣認為」。然而，不寫的這幾年，至少讓我看清自己的假面，我所書寫的自己，和一些我以為是真實的人與事，其實也被想像力與慣用詞藻補過妝，善意的被一些調味料改變了氣味。

寫了多年的文章和故事，我最怯於面對的，反而是與自身有關的種種。其實所有人的自身歷史，透過自己的形容，全都是美肌過的姑娘，真實面貌都是懸案。愈寫，愈常瞥見真實背後藏著狡黠閃爍的兇光，我沒有辦法像福爾摩斯破解謀殺案，從種種證據直指兇手一般，剔除掉許多虛偽的證言。

我寫的是真實的嗎？記憶的真實，也可能被時光或個人保護機制所欺瞞。我們書寫時光角落的記憶，若無人可以反駁，多多少少會加入一些自由創造。即使無意竄改，我們所見的「真實」，也來自於片面理解，只是從一個小小的牆縫中所窺見的畫面片段。

記憶，是被我們無意改寫過的歷史。

請容我先這麼說——所謂真實，來自你的片面觀察，可能存在著扭曲的想像。同一件事情，每個人見證的角度多麼不同。在每個人心中，那些長滿青苔、人跡罕至的陰暗牆角裡，藏著一樁樁懸案。

我終於找到力氣要寫我的祖母，應該也和看了村上春樹的《棄貓》有關係。村上春樹從一個故事來寫他的父親，關係並不真的親近但也絕不疏遠的父親：父親載著他到海邊，把家裡大腹便便的母貓丟掉……他心裡還忐忑著，但那隻貓，後來竟然比他們父子早一步回到家，無辜地看著他們。這件他始終忘不掉的往事，似乎暗示著命運的代代循環：有些東西你想要丟掉，可是它們又會繞回來……他寫到了父親曾經被徵召到中國，或許也曾參與過大屠殺。他那參戰後就彷彿變了另外一個人，在自己建造的牆中生活著的父親，大約是和我的祖母差不多年代的人。

那個年代呀，幾乎沒有人相信自己的能力足以創造命運。這本以尋常淡淡文字寫作，卻飽含時代悲劇的小書，點燃了我內心裡的一個願望，一個被我遺忘許久，而我始終沒有去實現的願望：我要寫我記憶中的祖母。我也不想去查那個時代的真相以及所有已逝的時光沉沒成本，那些並不重要。我想要寫的，是一些對大時代毫無影響、卻永遠無法複製的曾經，以及在我記憶中永新而常在的微細事情。

＊＊＊

我的祖母，一九一六年生，在我開始動筆的二〇二一年，她已經一百多歲。九十八歲那年，她去世了。她的人生，在小鄉鎮中開始和結束，沒發生過什麼亮麗到能夠聚集鎂光燈的事情，隨波逐流跟著好多的重大歷史事件。當然，還有小小的我。

身為一個通俗作者，我只能著眼於她和我的小歷史了。大時代像空氣一樣無形無色緊緊包圍。如果無人拾筆書寫，小人物沒有資格見證。

那一本《棄貓》，為什麼會讓我想起祖母？其實也是因為，大約九歲時，家裡養的母狗生了兩隻小狗，我爸媽並不同意養牠們，所以祖母只好把牠們送去菜市場，看有沒有人要認養。套一句村上春樹的話說，在那個時代，每個人都認為這件事是合法的。也不知道這樣做有多少的不道德和如何的罪惡。

有所不同的是：我家的小狗們沒有回來，那麼小的狗回不來。我記憶中還很清楚：那隻家裡養的母狗出去混了好些日子之後，不多久返回家裡搖尾巴，又不多久，生了四隻小狗。那個遙遠的時代並沒有為動物絕育的觀念，甚至連人們也都還沒有進入理想的節育計畫之中，我同學家裡有四、五個兄弟姊妹，甚或七仙女、八仙過海的比比皆是。那四隻小狗是白底外加深棕和淺棕的大塊斑紋，有一隻出生的時候就過世了，還有一隻在玩耍時掉進了鄉下的大圳溝……我搬開水溝的大石塊找了很久，沒找到。剩下的那兩隻，被祖母送到市場去送人了，祖母是這樣說的。

我後來才明白，牠們其實是被送去丟掉的。送到市場去，是希望有很多人看到了，可以領養，而且或許會有肉販丟點東西給牠們吃。

等我明白這件事的真相時，還真的看見了自己和現實人生中的大斷層。我人生中最初開始運用的想像力，就是用來想像那兩隻小狗的未來：牠們應該被領養了吧？應該有美好的家吧？

類似的情形其實不只發生過一次。

閒暇時，我在家裡畫圖紓壓，圖畫中的主角最多的是兔子。為什麼？因為我曾經養過兩隻兔子，牠們生過四隻小兔子。

有一次，我跟同學去遠足，回家後發現牠們都不見了。我媽說：牠們去了養兔場，回歸大家庭，過著快快樂樂的生活，不會在這裡不斷拉屎發臭了。真相對於小孩而言是殘忍的。其實根本沒有養兔場，如果有某個人家養兔子，多半都是為了吃。

在潛意識中，那幅「兔去籠空」的愕然始終沒被我忘記過。

＊＊＊

我出生的時候，祖母四十八歲，也就是如果把我生小孩的年紀再加三年，就是我剛看到祖母的年紀了。把狗送走的那年，她是個五十七歲的婦人，算一算未必比我現在大，仍然相當健壯。我爸媽都是老師，平日教的都是孩子或青少年，但都不擅長和自己的小孩相處，照顧孩子的事情，都由祖母一人擔當。她總是俐落的忙東忙西，從來不認為要有人來幫忙，以致於我一直以為她就是非常喜歡做家事。

我的祖父大祖母四歲，活到了七十多歲。他早年得過肺結核，後來也一直在咳嗽，我的母親一直不希望我們和他有太多接觸，加上祖父個性孤僻，很早就獨居在我家走路三分鐘可以到的另外一間房子裡。我祖母平時會過去幫忙處理雜務，除此之外，他和祖母之間幾乎沒什麼話講。有一陣子，祖母在白天都在我爸媽家，而晚上會帶著我回到祖父住的小洋房二樓去睡覺。

這些事情，大人從來不講，我也沒問。原來那叫做分居，大家有默契的把人生的固定角色演下去。長大後，我才發現原來自己似乎扮演了電燈泡的角色。他們之間的無言，還有刻意保持的清淡，回憶起來印象深刻。

至今我還能清楚看見她把兩隻小狗放在菜籃裡，騎著腳踏車出門的背影。那一次她沒有帶我，自己去執行任務了。記憶中她漸漸騎遠的背影，帶著朦朧而憂傷的感覺……這也或許來自我記憶的渲染。

我不主張我的記憶是對的。是的，歷史都是活著的人寫的。所有活著的人都會為歷史上妝，讓它變成自己印象裡比較舒服的模樣。削去尖銳的稜角，比較便於咀嚼和吞嚥。

哀傷感是長大之後慢慢追加的。

烈。

一直記得這事，不是因為我仁慈，而是因為「無能為力」的感覺，比痛苦還強

事實上，這件事帶給我的真正影響十分世俗，我的歸納也暴露出我的思考缺乏深度。「狗兒必須丟掉」的原因，我將之歸因於祖母沒有經濟決定權，連兩條小狗也無法多養；我也把「兔子忽然失蹤」，歸因於幼小的我沒有經濟能力。我連自己都養不起，只能以相信一個兔子回歸大家庭的神話，來掩飾自己的悲傷。

從這一點來看，為失去而憂愁或憤怒顯得那麼不必要後，我後來矢志從文青到一個俗氣的商人，也不過是剛好而已。

中年之後才發現我的內心裡住著一個商人。商人一定要媚俗，但當一個作者，要我媚俗，我真的不舒服。好在我心中的文青與商人並不爭戰，只是各司其職。

其實我完全沒忘記，當時在失去兔子和小狗之後的那幾天，我祈禱將來要有能力，為自己和祖母，在家裡開一個動物園。

之二

也許是花園維持了那一個家

初心，原來不是妳最初就能明白的。
必須誠懇穿過歲月的潮濕小巷，
妳才能在塵灰掩埋之處，
找到不管被遺落多久，
還在怦然跳動的那顆心。

你有沒有試圖去追索過自己的記憶？你的第一個記憶始於何處？關於過去你到底記得什麼？什麼時候開始有記憶的？記憶中最熟悉的聲音是誰的？你對這個世界的第一個印象是什麼？第一次幸福的感覺來自於何人何處？

這是每個人專屬的神祕學。

因為祖母是我主要照顧者的緣故，我的許多記憶都跟她有關。

生活在一家挨著一家的小鄉鎮，周邊不乏熟人，但幼年的我，不知道為什麼，總覺得自己在孤單中泅泳，祖母是我的浮木。很堅穩的一根。

她是個很喜歡照顧孩子的人，年輕的母親把我生下來，從第一片尿布開始……我就在祖母手中弄呀弄的，就這樣搓揉大了。直到我離開家之前，一直都睡在她旁邊。

人的第一個記憶是什麼時候開始的？嬰兒有時候很像爬蟲類動物，在客觀世界裡，他有各種探索行動，也會發出只有他們自己聽得懂的聲音。會看會聽會笑，但是所有的初始記憶都沒有被儲存起來，或許就算記起，對自己也沒什麼幫助吧。喝奶拉屎，咿嗚咿嗚，每個人都一樣的事情，就不需要記得。他們記住的，只有一大片朦朧抽象如雲狀的東西，像是情緒、安全或不安之類的雲霧一般的模糊膠狀物。

第一道記憶如閃電，從那一剎那，我有了意識。我第一個記憶開始於祖母的背上，我被她用一種長長的古老棉布帶綁著，貼著她的背，從她的肩膀上隱約看見眼前的小巷和天空。她正揹著我，要上菜市場。我感覺到她頭髮的觸感，很有安撫作用的體溫，透過不厚不薄的衣服傳遞到我的皮膚。推測起來，那應該是一個不冷不熱的春天。那一刻，我開始有了片段記憶，好像靈魂被忽然推進身體裡面似的。之前我的身體彷彿是完全沒有靈魂的一塊肉，突然之間某一種東西被植入了，有一種無形的力量像畫龍點睛般，所有的感覺一起被體驗了，匯集成「我」這個朦朧意識的存在。

一個人會被揹在背上的時候，可能只有二、三歲。

還有一個畫面經常在回憶中出現。我爸爸在教我說英文：Watch，這個是Watch！Light！Light！

當時我也被牢牢抱在祖母的臂彎裡。

原來是爸爸正在教我念英文。他重複指著一樣東西，把我當成一隻學舌小八哥一樣的教導。感覺上，他對於我能夠清楚分辨手錶與電燈非常高興，只要他說Watch，我就會指手錶，說Light，我就會指燈泡，他說我從來不曾搞錯。爸爸是英文老師，他常在鄰居面前拿我來當英語教學工具。

爸爸也很驕傲於我三、四歲時也可以把二十六個英文字母流利地從頭念到尾，而那時候鄉下也不太有幾個人會說How are you？幼兒有這個本領，就很能炫耀。

而王安石的《傷仲永》這篇文章說的對，如果後來沒有繼續學習，再有天分，也會永遠停在原地。我壓根不是什麼早慧兒童，真的會寫二十六個英文字母，應該也還是跟同年齡的孩子同一個進度，就是初中一年級。因為我爸爸忙著教書，所以小八哥鳥也沒什麼長進。我們這個年代，初中一年級才開始學英文，日常生活也沒有英文字出現，早學實在沒什麼用。

＊＊＊

一直到現在，到了夏天，有一種童年記憶仍然會到訪。無聲熱夏，溫柔的冰涼。

我所看到的畫面單調平靜：祖母和我睡在蚊帳裡，那時連電風扇都是很豪華的電器。夏天很熱，祖母拿著一支蒲扇幫我搧風，然後我慢慢地意識矇矓了。那個扇子在燠熱的空氣中揮舞，發出一種比蚊子在耳邊飛舞還更輕微而朦朧的聲響，那是一種很安全的感覺。

或許所謂被愛的感覺，就是很安全的感覺。

而我覺得最快樂的事情，就是她牽著我的手，帶我到市場去買菜。我在宜蘭南館市場附近的一條小巷子裡出生，通過一條不到二公尺寬的青苔小巷，走到菜市場頂多一百步左右。

我是那麼熱愛著傳統菜市場，一直到現在，我還不辭辛苦地到附近的傳統市場買菜。我家到傳統市場來回大概五公里，菜市場熙熙攘攘，小販與顧客的討價還價，對我來說比馬戲團更精彩。就算旅遊到全世界各地，不管是威尼斯、巴黎或紐約，甚至是曼谷或者是胡志明市，只要有空，我一定先去看看當地的果菜市場。看著那些剛剛被摘下來的五顏六色的肥美蔬果，聞著菜市場所散發的混合新鮮與敗壞蔬果氣息的感覺，還有像在吼罵一樣的叫賣聲及討價還價，菜市場的一切，總讓我一個人也會真心微笑。

然而傳統市場漸漸成了珍稀所在。

很慶幸當上海還有傳統市場的時候，我拜訪過好幾個在地的菜市場，甚至在北京的菜市場裡，還曾經買過只有四毛錢的麵餅吃……當時小販還問我要「糧票」呢。在菜市場旁邊長大的孩子，腸胃都很強壯，就算東西在常溫中擺久了也沒關係，我好像從來沒有吃壞過肚子。販子裸著手邊切雞肉邊找零錢的景象，在我小時候的傳統市場裡是十分常見的事情。

＊　＊　＊

菜市場讓我養成那麼一種「刁」，我不是個精明的買菜者，但是我的舌頭與味覺向來敏感。就算說不出差別在哪裡，也還是可以評斷優劣。我可以分辨出這條魚到底過世多久，那隻豬到底在什麼心情下長大，還有青菜是不是在最適當的時候被摘取下來……當然還會記得：哪攤總是企圖把壞水果藏在下頭賣給顧客，不要再跟他打交道了。

跟著祖母上菜市場是有福利的。可能是烹調設備的限制，所有的零食幾乎都是油炸品，比如「雙胞胎」，是兩個小麵粉團扭在一起，裹上糖粉，丟入熱油裡面炸；還有「龍鳳腿」，外面用的似乎是腸衣，裡面裝的是不同口感的根莖植物所混合揉成的甜不辣，也一樣放進非常高溫的油鍋裡炸。

餿水油也是那個年代臺灣的產物，在它被揭發為食安問題之前，天知道我們到底吃下幾斤？那些殺不死我們的，或許真能使我們更強大。我們當年多麼習慣香噴噴的食物從渾渣渣的黑油中被漂亮地打撈上來。

小鎮最受歡迎的零食，還有現在仍然很常見的車輪餅，裡面有日式的植物奶油醬和紅豆泥，其實我只喜歡外面的皮，對裡面過甜的紅豆餡或芋頭餡沒有興趣。所以後來當大家認為甜點要皮薄料多才好時，我大惑不解。皮最好吃，為什麼要那麼積極地消滅它的厚度呢？

不管健康專家還有我在小學教書的母親如何敵視油炸品，它的味道卻是童年最美好的嗅覺與味覺記憶。糖與澱粉跳進咕嚕咕嚕的熱油裡，散發出一種帶著焦味的甜香。那樣的幸福非常動感。

童年貪愛零食，長大之後並沒有真的那麼喜歡吃。當長大後，在食物上有了更多選擇，很快地發現，當年的痴迷只是因為沒有吃過什麼更好的東西，現在繼續吃也不過貪圖著回憶的復古。

可是只要走過油炸攤子，我仍然忍不住慢下腳步，深深吸一口氣，企圖把它吸進肺葉裡，甚至是大腦裡面。那是一種連結著回憶的氣味，彷彿把自己放進時光隧道裡，隨著那些香氣分子的跳躍，再把某些失去的記憶溫習一遍。

有種零食一直被我所鍾愛：花生。明明知道花生是減肥的勁敵。什麼黃麴毒素啊，嚇唬我沒有任何用處。

一從後院走出狹長陰濕的巷子，就是熱鬧的市場，有一攤花生販子擋在巷子口。小攤子上總有好幾十種不一樣的花生陳列著，有混著海苔絲的，有芝麻的，有加杏仁片的。我只討厭有麥芽糖的那種，它幾次讓我的乳牙隨之脱落，卡在牙齒縫裡。

我喜歡的東西都是乾淨俐落，不拖泥帶水的，食物，人，都是。直到人生過了一半之後，比較懂盤算，但還是不喜糾纏。我怕猶豫的人，翻來覆去，想要用糾纏的腦想事情，老把舊事重翻一提再提，或老卡在某個點不願跳過繞過的，或講到東他偏偏繞去西的……總讓我生懼。或許就跟黏呼呼的麥芽花生糖的陰影有關。

小鎮生活的早點也脱不了花生湯與杏仁茶，以及剛炸好的油條，和大木炭爐裡的烤地瓜。

口腔與腦很接近，味覺連繫著記憶的鄉愁。它們深深地與祖母的記憶連在一起，即便她離去多年之後，看到這些食物，我會為體重猶豫一下，然後，為了喚醒回憶買了一個嚐。我知道，很多人的心情跟我一樣。吃的時候，眼眶裡往往有淚，並非源自悲傷，而是複習了溫暖。祖母的記憶因為食物，又鮮明了起來。那些零食是一座又一座的橋，使我可以暫時渡過彼岸，在呑嚥的短暫時間裡，回到童年，祖母曾經真真實實的在我身旁。

＊＊＊

對祖母來說，我是一個大部分時候都很乖的孩子——安靜、不吵不鬧不耍賴，大部分時間都只用眼睛在打量著世界，在心裡叨叨自語。

孩子的安靜與大人的心緒波動率有關。從出生以來，我整天都和祖母貼在一起，祖母的脾氣基本上是平和的，很少看她激動過，她也堅持人不該太大聲說話。

受過日據時代小學教育的她，會講日文。在臺灣光復的一九四五年，她應該是二十九歲。

七歲前，我多半講台語，主要是和祖母講話，平時看的也是台語布袋戲和歌仔戲。念小學的時候，政府推行說國語運動，不知道是誰發明的，在學校裡帶起了「互相檢舉」的風潮，每個班級都在美勞課中製作了「我要說國語」的狗牌，輪流掛在不小心說出一句台語的人身上。

掛了狗牌的人，要努力地找到下一個說台語的，才能讓狗牌脫身。那時我們每個人都化身為川島芳子，企圖用各種技巧找出下一個狗牌的繼承人。

大家非常服從且如火如荼推行著這種檢舉說台語的運動。我想，當時穩若泰山的執政黨，一定想不到，無心種植了我們這年代大部分人從小到大都有「狗牌特務陰影」。

雖然後來只被當成笑話講，但當時可是上下一心的認真一呼百應呢。

＊＊＊

我很少聽到祖母批評別人。但我常聽她在思考停頓之後，冷冷地拋出一句微風一樣的話——只有我聽得見而已。她幾乎沒參加鄰居太太們聊是非的行列，很不喜歡大嗓門聊天。你知道的，鄉下總是有人在黃昏的時候站在榕樹下、巷子口、你家門口或電線桿旁邊，談別人家的故事。聲音很大，完全不需要用擴音器，好像要說給所有路過的人聽似的。我祖母帶我經過這些大嗓門時，就會轉頭，有意無意地停了二秒後，輕聲跟我說：「查某人啊，講話不要這樣大聲馬喉。」（台語，意思是女人講話不應該像馬在嘶吼）這無疑是日式教育的薰陶與結果。當年鄰居和她同一輩的婆婆們都是不識字的，只有她受過小學教育，會一個人靜靜聽著日本演歌。

我後來遇到講話動不動就會放大聲量的女人，也相當不習慣，總會想要縮到一邊去。雖然這樣的人，多半是熱情的人，應該說，是熱情到很難控制自己情緒的人，但我總會想起祖母的這句話。

我公司有一個工作多年的同事，人很善良，但是讓我最難適應的是說話，跟她交代任何事情，我都會頭痛。跟她明明相隔不到一公尺，她卻總是用吼叫來說話，如果一起坐在車子裡，我幾乎都可以感覺到玻璃在震動，而我就像是一隻快被高分貝殺死的老鼠。我本來懷疑是不是她的聽力有問題，但她聽力好得很。

後來發現每個人對聲音的感覺藏著許多童年情景。大嗓門可能與她以前家裡人很多有關。如果不大聲吼，講得又大聲又快，應該沒有人聽她講話。

然而，真正的事實卻是：如果你習慣講得又快又大聲，而且會不斷強調或重複，你說的話不會有人想要認真聽。

她的聲帶曾經因為不斷發炎，而到醫院割過三次，醫生說已經快要沒得割了，但是她「吼」的方式始終沒有全改過來。我的耳膜和她的聲音對抗了十年以上，後來終於想到了一個解決的方法，就是幫她報名參加正確發音方式的歌唱班。有志者事竟成，情況真的改善了。

無論如何，對於說話太大聲或音量太誇張的朋友，我總是出於本能的想要迴避，也不能不說是祖母教的。

對於音量我有個體會：在演講場合，如果群眾噪音很大，那麼你絕對不要用更大聲壓過他。麥克風在你手上時，你反而要講得小聲點，像蜜蜂飛舞般。為了聽清楚你說什麼，後排的人會「噓」前排，之後大家就恢復沉默了。

＊＊＊

善良也應該是沉默的。

那是在家家戶戶做代工以前，漸漸脫貧的當年，街上偶爾還有幾個乞丐，有不少是女性遊民，祖母會在後門留一些飯菜讓她們吃。她會叫我把風，看看曾祖母或祖父有沒有走過來？當年可沒有什麼免洗餐具，吃了飯後還得把碗收回來。曾祖母和祖父會捨不得一碗飯嗎？我沒問。不過印象裡，他們的確不大方。祖父很奇特，他曾經因為捐錢給冬令救濟而拿到好人好事代表的獎狀，非常高興的到照相館拍照，但總要把拜拜的糕點放到有霉味了才給我們吃。我後來看到拜拜用的「麻粩」

善良，也應該是沉默的。

都心有餘悸，多年後才肯承認傳統糕點其實是美味的東西。原來，霉味並非原始氣息。

當年沒有什麼救助機構，沒有家的人多半自生自滅，而這些女性遊民常常是精神失常，沒有謀生能力，曾經被逐出家庭的女人。我記得有一位會在附近水溝隨地便溺，街上的頑童就會欺侮她。

她總在對著天空咆哮，說的話我聽不懂，只要太靠近，我就會聞到一股很難聞的臭味。所以我很怕她。幼年的我也曾經被一個有點問題的大孩子從背後推進附近的臭水溝，那種屎尿一身的感覺實在無法淡忘。後來對於眼神朦朧好像不能聚焦的人，我一直心存戒懼。

祖母卻總記得在後門給她留一碗飯。然後又去忙東忙西。

而負責把風的我，遠遠的看著她大口吃飯。

從小沒有挨餓過的我，只是很疑惑為什麼有人吃飯會吃得那麼急。

＊
＊
＊

記憶中的曾祖母，還真是一個奇特的女人。我從小知道，她跟我們活在不同的年代。她生於清朝光緒年間，個子肥胖矮小，綁一雙小腳，還很堅持用著裹腳布纏她的腳，因而房間裡飄著一股淡淡的腐臭味道。她有時會把紅繩子串起來的「通寶」拿出來給我們玩。我從中學會了「道光」、「嘉慶」和「乾隆」，似乎還有「龍銀」來著。曾祖母念念不忘的說，以前一枚龍銀可以買一塊田。

曾祖母是一個不識字的女人，偶爾會對祖母破口大罵。罵些什麼？好像夾雜著三字經及國罵，有一次我學曾祖母說話，祖母很不高興，跟我說：「壞的不要學，哼，教壞囝仔大小！」

她的名字叫阿金，每天坐在客廳裡，幾乎足不出戶，連市場也不去，從來不曬太陽。以前的人早婚早育，我出生的時候曾祖母應該才六十六歲左右。你大概會以為出生在清朝、綁小腳的女人，都是很傳統的女性，對吧？但是在我的記憶中，夏天的時候，曾祖母老是上半身打著赤膊，坐在客廳裡，胸部幾乎垂到了腰上面，像一尊胖胖的彌勒佛，大力搖著蒲扇，好像在拍打自己的身體。這幅景象肯定不是出自我的想像力。

從小習慣這個景象的我，見怪不怪。

我曾經問過曾祖母為什麼要纏足？

她回答說，她媽媽說這樣才嫁得出去。一直到生命的最後時光，她還是用欣賞古董的眼光，看著自己的小腳，也還鄭重的裹著白布條。長大後才知道，在她的年代，那是一種美感，而且是身分的表徵。被摧殘的腳哪裡美？能夠回答這個問題的，恐怕都已經長眠在墳裡。

人，很難逃出他的大時代，包括審美觀。《金瓶梅》裡頭，潘金蓮最自豪、西門慶最喜愛的，就是那一雙穿著紅鞋的小腳不是嗎？宋蕙蓮的腳，比潘金蓮還小，她被潘金蓮設計害死了之後，西門慶還在書房裡藏著她一只小紅鞋。幾百年來，以纏足為美的人，難道都沒有聞到那股撲鼻的腐味？

人的欲望沒有太多出口的年代，特殊癖好到底是一種壓抑還是發洩？人類想要跳出大家的共同想法，實在不是一件容易的事。從眾效應原來是這樣，連剝削、控制和摧殘，竟然都可以成為美學的共識，變成人人嚮往的一塊臭豆腐。

祖母對於曾祖母每天打赤膊坐在客廳，而且正對面就是神明桌這件事，非常不以為然，但也不敢出言勸阻。大熱天每當她看見曾祖母褪去上衣這樣坐著，總是牽著我低頭疾走而過，假裝沒看到什麼。除了不喜歡女人的「大聲馬喉」之外，從她口裡我聽過的第二句話叫做「歹才」，台語的意思是姿態難看或難堪。我還清楚的記得她走出家門後，輕輕吐出這句話時的低聲細語。

或許這就是冰山下的婆媳問題。無可置疑的，曾祖母完全符合大聲馬喉和歹才這兩個評語。祖母卻能夠在這個家庭堅定的走過一生，心中充滿浮沉，從來不曾掙扎。

生活在不同的時代的人，擁有不同性格，嚮往不同人生。就算近在眼前，總好像隔著寬大的河岸，無法意會對方的人生觀。

曾祖父去世得很早，什麼時候去世的，我一點也不知道，我只看過他的黑白畫像掛在客廳裡。我曾經問過大人，曾祖父到底去了哪裡？

大人嘻笑的回答：「他去蘇州賣鴨蛋！」

於是在國小的作文簿上我曾經寫下：我的祖父是蘇州人，他的工作是賣鴨蛋。這一件事，好像還被大人們笑了好久，但是他們從不告訴我到底發生了什麼事。我就一直以為牆上的曾祖父是賣鴨蛋的商人。

曾祖父在我祖父少年時就過世，在日據時代當過「保正」的我的祖父，被鄰居稱為孝子。也許是曾經遭遇過戰亂的拮据，祖父節儉到接近吝嗇的地步。之前提過拜拜用的糕餅或食物，如果沒有放到發出霉味，是不會拿來給我們吃的。我自小對於祖父想要送給我吃的東西，總是避之唯恐不及。

然而，祖父卻渾然不覺。就算放得再久，他仍然能吃得津津有味。食物在我們家是沒有「賞味期限」的，但這或許就是他一直不是很健康的原因。

祖母十八歲嫁，十九歲生我爸爸，二十二歲生了我姑姑，之後沒有再生育。在那個沒有節育可能，一對夫妻動輒生七、八個的年代，他們很早就合乎標準的家庭計畫。其實，祖父和祖母對我只是一個類似稱謂的概念，我從小就不覺得祖父跟祖母是一對夫妻。他們住在一個屋簷下，從我出生就住在不同房間裡，不曾講過任何體己話，所有的交談都簡約到連「吃飯了」都嫌多。祖父是市政府的公務員，每天騎著腳踏車上班；祖母像一隻工蜂，裡裡外外，她總是在做事，總是可以找到事做。八歲之前，老家的灶還是古老的土灶，燒煤才能煮菜。我後來才知道那有多難，那簡直像是每天要學童子軍在野外燒柴生火，應該很難控制火溫吧？但在記憶中，我竟然沒吃過燒焦的飯菜。

而祖母很勤奮地填補著所有的人生空檔那般，從來沒有厭倦於日復一日的工作。她似乎不渴望任何的探險和驚奇。

冷淡，卻安分的各司其職。這是我最早意識到的家庭關係。似乎關係緊密，一起吃飯一起熄燈，但是你可以感覺每個人之間有一堵透明的牆。除了吃什麼、明天要付電費之類和非常偶發的口角之外，幾乎沒有任何交談和討論。

那一堵牆真的要被打破，才有所謂的幸福或甜蜜嗎？過了中年的我，終於明白在「一結合即終身」、不可改變的傳統家庭中，它其實是家庭每一成員故意建造的，幾乎是一種有默契的共同行為。有了牆，就可以避免過多溝通，掩藏自身的糾葛，以維持圓滿家庭的和平景象，只是因為想好好過日子，不想再受傷。

＊＊＊

說真的，我超級討厭活到現代女人還在說自己是油麻菜籽命。

我用「超級討厭」這麼強烈的語言，只因我知道那只不過是個可以放懶和抱怨的藉口。我祖母那個年代，才是真正的油麻菜籽，男男女女，都沒有太多掙脫現實的能力。

就算不曾幸福，就算失去期待，就算熱情永遠被澆熄，也得認命吧？除了努力活著，並沒有太多可以走的路，完全認命或許也是獲得了一種安全感。我的祖母是真實認命的，我極少聽見她在長吁短嘆，沒有在意自己的快樂或不快樂，她甚至故意遠離每天坐在家門口怨天怨地的隔壁鄰居太太們。

如同那個年代所有的女人一樣，她從來沒有企圖離開過沒有給她足夠資源和支援的婚姻。連到了八十歲之後，她為自己預備好的墳墓，也仍然是在很接近亂葬崗的祖墳那邊，她在祖父去世後，預修墳墓時把自己名字的空格留下，等著未來填進去。她也會代表我們家出席吳氏宗親會的活動，就是篤定要跟吳家的祖先葬在一起。

不然，也無家可歸了吧？

那是一個女人一旦被許配給某一家，連鬼魂都沒有遷徙自由的年代吧。沒有選擇對象的自由，沒有選擇對方家人的自由，被決定了就是一輩子。

那個年代，女性幾乎是文盲，是家中賠錢貨，沒有工作權。然而，正因為她的毫不掙扎，我得以安穩地在她平和的情緒中長大。

經歷過戰爭和亂象，還有此去彼來的政權統治，也許對女人來說，能夠活著、能夠養育孩子就是最大的幸福。什麼「改變現狀」、「追求自我」的種種追求，還在地殼中安睡著。

多年之後，我曾經思考，支撐著祖母的精神力量到底是什麼？這是一個無從解答的問題。恐怕連祖母本身都沒有思考過，她不是一個會反抗任何現實的人。也許「沒事」就是她要的幸福，她的房間中永遠掛著一幅助印的「莫生氣」。

她對我其實也沒太大期許。她和那個年代的祖母不一樣，在於她一點也不重男輕女，只不過她和其他重男輕女的祖母們不同，反而出自於對女性自身命運的同情，她對我還要更寵一點。不出事好好長大、嫁人、有個工作，就是她對我的期許。

她努力在不那麼可愛可親的家庭中活著，並且貢獻勞役。她能夠忍受，因為無處可去，然而這個家並沒有完全剝奪她所有的生活樂趣。當時大家都窮，在鄉下有水泥平房可住，算是很好了。祖父自有一套應世法則，他讀過中學，在日據時代是公務員，到了國民黨時代，變成了里幹事。不知道是不是無縫接軌，總之並沒受到太多刁難。後來在市公所工作，朝九晚五，領著公家的俸祿，感覺也不是很忙。我父母都是老師，拿的也是固定薪水，在我六歲時把平房往上蓋成三樓，容納更多人口，當年可沒有任何建築法規阻止房子長高呢。

我出生時，家中地上還是泥土，我媽嫌髒不許我爬行。這恐怕是我從小感覺統合失調，腦袋永遠比手腳快的原因，玩躲避球總是第一個出局。沒有地板，好處是不用掃地。

這間房子早就賣掉，說不定也拆掉了，但它仍然有著我心中對於花園的絕美記憶。

頂樓，是祖母的空中花園，小時候每一張黑白照片幾乎都有這個花園。直至現在閉上眼睛，我都可以看到祖母用紅磚搭成的花台，裡頭種著可把指甲染成粉紅色的指甲花，指甲花謝了之後，會有小黑球般的種籽，那是我最愛蒐集的珠寶。那裡也有祖母最喜歡的妖豔大理花，還有端午節前會像一顆一顆小仙子的頭盛開的圓仔花，都是亞熱帶氣候最容易花枝招展的草本花卉……

我還看到不開則已、一開就像手掌般一大把的小朵薔薇花，以及幾乎一年都會盛放的日日春。隨著記憶的路徑，拓展在我眼前的是一大片燦爛的花圃，不分四季，所有的花卉都排隊迎面而來……我聞到白色梔子花詭異的濃香，牆邊有牽牛花和白花紅蕊的龍吐珠正努力往屋簷攀爬，也聞到了清晨悄悄打開的七里香獨特的清香味道，還有夜來香帶來了夜色，急急調製適合仲夏夜氛圍的香水，略帶腐味的詭譎氣息。在記憶中，花草們伸出了無形的香味小手來掰開你的鼻孔、鑽進了肺裡……還有一種紫色的草，會開出粉紅色的小花，祖母說中醫會拿它當藥材。「妳看，貓還會去吃它！這隻貓一定是感覺身體不太爽快啊……」

隨著祖母說話的聲音，一隻虎斑貓出現眼前。呵呵，這隻貓應該是祖母養的吧？牠叫什麼名字，我忘了，也許都叫咪咪……祖母養過幾隻貓，曾經有兩隻小貓，會鑽進我的被窩裡取暖，因而我對貓一直有著好感。

真實到不能再真實的花園，即使在記憶或夢境中，顏色變淡了，總還是召喚著我，當我閉起眼睛，不管春去秋來，它依然百花齊放。

之三

沒有聲音的爭辯

我的心靈花園，植根於心中，不管遇到什麼困難，那道門，都推得開。

天何言哉，天何言哉！四時行焉，百物生焉，天何言哉！

孔子的感嘆句很多，我覺得這幾句最有詩意。

祖母話不多，處事不疾不徐——這一點，不管受到她怎樣的薰陶，我們的個性顯然不一樣。我，徹底就是個急性子。

做起事來，總是認真埋頭苦幹，腦子彷彿被「非如此不可」的魔音所控制——這一點，我們很像。

能做事，又話不多，從古至今都是很難得的美德，雖然也未必是會被欣賞的美德。在那個除了打開話匣子幾乎無可宣洩的年代，除非腦子傻或者大舌頭，一般人話都很多。女人對於命運的抱怨，更多。

同樣的抱怨，重複許多年；沒有斷捨離，抱屈之後，只能抱怨。抱怨，未必有聲音；動怒，未必有表情。

沒有出口，在我看來，始終是女人充滿怨尤的問題。如果除了家務，這個世界不需要她們的參與，沒有什麼經濟能力與實權，沒有發言權或者決策權，那麼就只好拿一些涓涓滴滴的生活細碎小事來說嘴了。對於別家誰誰誰怎麼樣……比對自己家的事關心，或許可以移轉對自身問題的焦慮心情，或者也是一種出口吧。

東家長西家短，茶餘飯後聊別人，就不會痛了自己。抱怨其實是為了迴避解決問題。

我說話針針見血，實在是自己養成的壞習慣，和祖母完全相反。

祖母幾乎難得發一次脾氣，總有一種淡然。

有人想要跟她說別人的閒話，她會說：那不是我們家裡的事。我曾經聽她對朋友這麼說。

我不知道她跟祖父是怎麼認識的。撇開「為親者諱」不提，他們怎麼看都不是一對佳偶，我不想為他們美言。

那個年代讀過小學的女人並不多，讀過中學的男人也有限，我看過他們的結婚照，也算得上郎才女貌，成因可能是媒妁之言。

祖母從不談及她跟祖父那種非常淡然卻又一生維繫的關係。我很確定，她對祖父最簡單俐落的評語就是：小氣。每次講到這個，她都用日文けち，我從小就知道這個意思。她說過好多次。（本書我也提過了幾次，可見雕印之深。）不是抱怨，沒想爭辯理論，就是個哀莫大於心死的無情緒結論。難怪，我至今有個偏見：認為男人對家中大方，是至高美德。

祖母有一個很活潑的朋友，曾經來我們家，對我說起祖母年輕時的模樣。那時候我頂多十幾歲吧，那位婆婆眉飛色舞形容著：妳阿嬤呀，年輕的時候穿得很時髦，像一隻「黑貓」，走到哪裡大家都在打聽她是哪一家的小姐？

很遺憾的，這時候祖母出現了，拉長臉對朋友說：不要對小孩亂講話！

這真的滿難想像，反正我出生時，祖母已經遠離了她的青春與妖嬈。

她沒有真正出社會工作過，只做過一些兼差。然而她一直有勞保，「寄」在縫紉工會。可能是年輕的時候，曾經當過裁縫，沒多久就結婚了，婚後，也靠裁縫貼補家用。因為祖父是「要一塊給五毛」的奉行者。

她的衣服都是自己做的，一直到現在，我還保留著一兩套。有時還會穿出去上

古老縫紉機的聲音，和我被揹在祖母背上傾聽到的
心跳聲一樣，是最溫柔的音樂。

鏡頭，搭配一些飾品，還是有特色的古著。衣服的料子多半是麻紗，布料和款式滿滿昭和時代的感覺。我相當喜歡那個時代的布料，天然而透氣，洋裝都是人工縫紉，手工也很好，絕對不會有快時尚常見的亂七八糟線頭、歪歪斜斜的縫線。

那樣的衣服，有著織工的青春和手感的溫度在裡頭。

她的房間一直都放著一部必須手腳並用的古老縫紉機，我也因為好玩，在某年暑假學會了用這樣的機器。她告訴我，她保留那台縫紉機，是因為職業工會的人會來抽查。她很在意自己有沒有勞保這件事。她始終相信，勞保會在她老去的時候給她一筆足夠的退休金。

＊＊＊

距離菜市場旁邊的住家，走路不到三分鐘，就會來到一個姨婆的裁縫鋪。祖母常常帶著我去跟這個朋友聊天，祖母的朋友眼睛長得大大的，頭髮捲捲的，身材高䠷，說話也文文靜靜。高䠷是以那個時代的標準來形容。遺憾的是，明明我這個年代的營養已經好很多，但我竟然沒有祖母高，祖母的身高大概是一五九公分，在那個營養不良的成長年代遠高於一般水準，而她的朋友更高些。

祖母的朋友說話也非常溫柔，好像在講日語似的，和市場裡大聲講話、滿街罵小孩的歐巴桑不太一樣。她領養了一個兒子，單身。

一直到很久很久以後，有一位阿姨跟我談起這個朋友，跟我說，妳知道那個誰以前當過慰安婦嗎？本來是護士的……她後來不能生育，只能領養孩子。

這件事絕對不是出自祖母口中，她從來不在背後說別人。就像她對我的祖父的為人一直有非常多的意見，也只不過是淡淡用日文けち兩個字來交代。

慰安婦是什麼，在我了解那段歷史之後，像一記悶棍，重重打在腦袋上。原來是這個意思啊……原來不管多麼溫柔文靜的人，大時代的巨輪都照樣輾壓過去，只是力道或輕或重，承不承受得起，逃不逃得過而已。

姨婆在市場某個陰暗的小鋪子，開著一家小小的縫紉店，養活自己和兒子。後來兒子長大了，當了公務員，也很孝順她。姨婆說話總是慢呑呑的，有一種昭和時代的氣質。

祖母的交友關係很清楚，她話不多，更不勉強跟自己不喜歡的人說話，這其中應該包括我祖父。她只有喜歡一個人，才會常常見到那個人。至於那個人是誰，有何背景，都不重要。

在那個年代，他們告訴年輕女生去當護理員、去救國。那時候的國，是日本國。年輕女孩到了前線，才發現，並不是那一回事。

＊＊＊

當年的縫紉店都集中在市場的小區，陰陰暗暗的小巷子裡。釦子店也開在那裡。幾乎沒什麼成衣，想要穿件好衣服，得由裁縫為你量身訂做。

那也是市場裡我最喜歡的地方，祖母去找朋友聊天，而我則有不同目的：我喜歡布，裁縫店總有些裁下來的零碎布頭。我非常喜歡在回收箱裡撿那些完全不一樣的花布，雖然也並不真的知道蒐集了可以做什麼。

無意中發現的碎布，讓童年多了不一樣的色彩。
大人們應該沒有想到，除了視覺，孩子們也悄悄用聽覺描摹她還不了解的世界。

除了裁縫店，祖母似乎跟中藥鋪的老闆娘也有相當的友誼。被草藥占據了一大半的中藥店本身就是個傳奇。外頭放著乾海馬、乾壁虎，甚至還有曬乾的蟑螂之類的東西。萬物皆藥方，只要一走進中藥店，就有千百種草藥的氣味撲鼻而來。我很喜歡吃一種丸子，每一個像粉圓一樣大小，黑黑的……那個味道就是中藥八仙果的氣息。只要走過那個中藥鋪，祖母都會買一些給我，對我來說它比糖果更有吸引力。

也就因為那些黑丸子，我對於自己的喉嚨過敏竟然有些歡喜。人類的演化，總是趕不上環境變化……宜蘭非常非常的潮濕，我的喉嚨總是卡著痰，常常喉嚨發炎或感冒，一感冒喉嚨必然沙啞失聲，除了潤喉用的黑色小丸子，祖母也會到中藥店裡面去幫我弄枇杷膏。枇杷膏也比糖果好吃，那是生病時的小小福利。

幼年的我一直處在長期過敏的狀態中，一直咳嗽沒有好。中年後我去做肺部檢查，發現肺部有二十個〇．五公分以下的小小陰影……曾經一度以為那是原位癌，我還安慰了自己一番：還好早發現，可以早治療。追蹤了五年，沒事。醫生說：妳小時候是不是常得到肺炎而沒有醫治？我苦笑：怎麼可能記得清楚？我只知道我常常在咳嗽，喉嚨老卡著痰，習慣不時發出細微的一兩聲像老人一樣的嗯嗯清喉嚨的聲音……

難道我得過二十次肺炎？那麼，我的生命力也太強健了。

除了有一次被大人用腳踏車載，腳跟被輪子絞爛，一年不良於行之外，我不記得我生過什麼重病，好像發燒也都會自己好。只是太常咳嗽了，平時還吃得下睡得著，大人也不以為意。只記得我媽曾命令我喉嚨不要發出這樣的聲音，她曾經對我說：妳發出這種聲音以後就會跟妳祖父一樣，得肺病！肺病之後就是肺癌，就會死掉！

我祖父曾經是肺結核患者，好不容易痊癒。我媽不喜歡我祖父是個事實。不過，因為她情緒不佳時，會對幼年的我說一些相當絕望的話，所以我曾經覺得她非常不喜歡我。長大後我曾淡淡問過她，她完全否認自己說過這些。然而，我卻記得這般清晰。

忽然，一雙鐵筷子跳進我的記憶裡來。人對於陰影總是會反撲的。有一回有人到我家作客，建議我應該把筷子都換成不鏽鋼比較好清理時，我竟睜大眼著實瞪起她來。哪壺不開提哪壺。

我好討厭鐵筷子、鐵碗。因為有好幾年，我媽把家裡的餐具改成鐵筷子和鐵碗，已經冰冷的用餐氣氛更是結了霜。

加上我媽喜歡強迫我們吃掉不喜歡的菜，所以鐵碗時期變成我和弟弟的噩夢期。我當時反應之激烈，一定嚇了那位無心的朋友一跳。

她當然不明白，身為超潔癖家庭主婦的她告訴我那有多衛生多好時，我一臉剛猛的打斷她的話：我一輩子都不會用的，只有坐牢的人才用鐵碗！

只要一談到鐵碗，我就會起雞皮疙瘩。後來到了韓國首爾，發現滿街鐵筷鐵碗，呵呵，還是只好就範。

不鏽鋼碗時期連結著童年最不愉快的回憶。我怕上桌吃飯，怕被強迫吃奇怪的菜，怕和我媽一起吃飯，飯桌上總是少不了被找麻煩。

後來才知道，我媽本意未必在於找我麻煩，她只是在為自己的情緒找出口吧。因為祖父得過肺結核，雖然好了，而我媽怕傳染，把家裡的碗筷都換成不鏽鋼材質，吃完馬上消毒，明示了她超級不高興我祖父來吃飯。

她當時應該對一個不斷喉嚨發炎的小孩子好好解釋：其實只是擔心我步上祖父後塵。是的，我不記得曾經有人認真的帶我去看醫生，印象中即使發燒，也是沒什麼西醫常識的祖母餵我吃枇杷膏和喝水好的。就算看了西醫，也未曾將感冒藥吃完過。總而言之，包括我自己在內，家人們已經對於我這樣的喉嚨發炎習以為常。我多麼不適合生存在濕潤的地方，偏偏又要在那裡出生和成長。

宜蘭好山好水，很多人打算退休後到那邊養老過日子。

有句話叫做近廟欺神，很能說明我的心態……我一點都沒有返鄉定居的打算，我怕透了潮濕。永遠記得冬天的時候，牆壁都會冒出薄薄一大片水珠，有一年，三百六十五天當中，下了二百天的雨。那種感覺，很像你最好的朋友一直在哭，哭個沒完沒了，沒有什麼原因，讓人無從安慰起。

不是只有我，我弟有嚴重的鼻竇炎，也是因為長期過敏引起。長大之後，我們都積極用手術和各種醫學技術，把自己治好。中年以後，一年甚至沒有感冒超過一次。

＊＊＊

祖母極少對我講起家世，但每一句話我都牢記。

有些疑惑，始終無法解開，或者屬於歷史中未曾出現的陷落與斷層。祖母曾經跟我說，她父親是漢文老師，在日據時代，還祕密教授漢文，不敢給日本人發現。她父親也是村子裡唯一的中醫，有一本寶典什麼的，翻得破破爛爛，字寫得密密麻麻，可惜沒有留下來。然而，祖母的兄姊們都沒有讀書，他們都不識字，不管是漢文還是日文。祖母是家裡的老么，也是家裡唯一上過學的，當時女生上學的很少。她說，是有公家機關的人到她家裡，要她上學，說了老半天，她父親才肯。我曾經看過她的小學畢業照。

一個漢文老師為何寧願家裡的孩子都是文盲？我怎麼也想不懂，是日據時代開始了的原因吧。中間的「交接」讓人猶豫，到底該學哪國語文呢？

會像分小狗一樣，讓女兒分到別人家去，也是當年正常得不得了的事。雖然「童養媳」在臺灣的舊時光，誠屬共同悲劇。

祖母家裡的兄弟姊妹應該有八到十個。出嫁後，祖母跟她的手足似乎都沒有來往，唯一曾在我幼年時期出現在我家的，是祖母的大姊。當時只要生出第二個女兒，都會被送到別人家當童養媳，為家裡省口飯。大姊和祖母是家裡唯二沒有被送走的女性，所以她和大姊有著比較緊密的情誼。她應該是五女。其他的姊姊不知道都到哪裡去了。

總之是血緣之親音訊杳然，只求上天賞飯。這段故事，我倒聽過幾遍……

祖母說，她很小的時候，不時會有人來家裡挑小孩，雖然她還很小，就懂得躲在棉被裡，憋氣藏著，不要出來。有一次她跟另外一個姊姊（搞不清楚是二姊還是三姊），一起躲進棉被裡，那個姊姊還故意往她的屁股捏了一下，想害她叫出聲來被人帶走，她忍著不叫，結果後來被帶走的反而是那個姊姊……

她說這件事時竟有一絲僥倖和得意口氣。這算是一種幸運嗎？

祖母說，她那些當童養媳的姊姊，有過得好的，有被虐待的。貧窮的年代，對於沒有受過任何教育的人家來說，要善待別人家來的孩子，真是人性的考驗啊。

我家表明了「重男輕女」態度的肯定是我媽，當然也因為我嘴硬不服從又不討喜。小學時我就會對我媽說，妳也是女人，妳重男輕女，那麼也表示妳看不起自己。我的邏輯很清晰，但無疑地必定換來毒打一頓。現在想來，我媽的重男輕女也未必是真心，口頭洩恨成分較高，其實打我給我祖母看，也是婆媳問題的處理方式。

祖母寵我，或許是對女性命運的疼惜。她從來不覺得我該幫忙做什麼家事，她會，已經足夠了。

祖母的大姊一臉慈祥，個性也挺獨立，就算年紀大了，也健健朗朗，偶爾會到我家來找她的小妹。

由於我一直在祖母身邊，也被她帶來帶去，常常會賺取到一些零食或小禮物。到底以前的女人受的是什麼待遇呢？我曾經清楚地摸過某一位姨婆頭上的窟窿——曾有一位姨婆來找祖母，應該是祖母幼年的舊識吧？她們聊著童年的往事，姨婆說到當童養媳時，總被後來的婆婆往死裡打。她抓住我的手，往她的頭上一摸，對我說：妳看，在這裡！這裡有一個洞！有沒有？這是以前我的養母拿磚頭往我頭上砸下去，打出來的一個洞，我流了好多血啊，妳看看，天公疼憨人，我竟然沒有死呢！

她還在笑。當年一定很痛吧？可是她們那一代人，苦難見多了，竟然都能如此淡然地見證著。多少年來，多少個有家也歸不得的孤單女孩，只因為她生來是個女孩，她就得不斷付出，不斷地為把她帶走的家庭做著家事，養豬、種菜、洗衣服……還被視為是多出了一張吃飯的嘴。最後還要捐出她的身體，為這個實在不怎樣的家庭留下子嗣。她一生是否曾經屬於自己？

這位姨婆講這段故事時，不只一次，像老兵話當年如何英勇奮戰，要別人看看

我傻傻用手指觸摸著那個洞，感覺她的頭顱就像一個地球儀，被一塊大隕石忽然撞上了一樣。

身上的槍砲痕跡似的。她說，後來她還是好好照顧了這位差點打死她的婆婆，讓婆婆晚年得到奉養，好像在講她得過的獎狀似的。

被打死也沒關係嗎？那是一個我不能想像的年代，她們竟然如此的善於忍耐，忍耐一生，是挑戰了命運，還是接受了命運呢？

忍耐的美德，我的確是欠缺的，從小就不太有。

我自小就是個只要覺得自己有理，只要覺得這不公平，就不怎麼容易屈服的小孩。我十四歲就離開家，自己決定要考台北聯招，當然跟我想逃出母親的視線有關。跟我後來去念法律系，可能也有很大的關係：我不喜歡被欺負，也不喜歡看到別人被欺負……。就算我後來沒走法律這條路，我的個性裡也還有一面塗著辣椒油的鋼板存在，像一面護住心臟的盾牌。年輕時我還發明過各種保證有效的警告詞。曾經有一回，我對一個表面對我客氣，但三番五次老愛在背地裡說我壞話的友人直接挑明講：「我可否提醒妳，當我的朋友，絕對比當我的敵人容易。」是的，我還面帶微笑，用最溫和的語調這麼說。

年輕的我簡直就像《無間道》裡的人物，絕對沒有祖母的美德。

不過，我也一直沒啥改變。這個世界上，存在著不少喜歡用傳統看法改造別人、只把女人想像成同一種款式的人，好像要把所有的女人都趕進同一個集中營，或當成同一種動物，隨意地發表著言論。

不管女人做什麼，都要妳溫柔、撫慰人心……嗎？又不是每個工作都像南丁格爾在看護病人。

對於這些制式化要求，我不愛聽，聽了未必會同你辯論，但心裡肯定沒有認同過現在這副德性。

老了，稜角稍有鈍化，但絕對不被磨平。當我聽到某些「女人該怎樣」的復辟言論時，我心中真實的OS是：嘿，我不想跟任何人在意識型態上起衝突，不過，我們各過各的日子，好嗎？我又不拿你薪水，也不靠你吃飯，不是你老婆也不是你女兒，別管我行不行？

是的，我離溫柔敦厚有一段距離。祖母從未要求我像「正常女人」：她一直期待我好好讀書，就跟她期許我父親的方向一樣。她受的教育有限，也沒有看過大世面，只不過希望我好好的找個工作，賺一份薪水……在她想法中，這樣就沒有人能欺負一個女人了吧？

當我讀書時，她總會把水果削好，悄悄端過來。只要我坐在書桌前，她就很欣慰，覺得我是個乖孩子，什麼家事都不會也沒關係。甚至在我和弟弟吵架或打架時，也並沒有開口要我讓弟弟。祖母對我的期望，跟她那個年代的祖母，的確完全不一樣。

但是祖母始終搞不清楚我到底讀成怎樣。在她印象中，大學是很難考的。我爸考上師大那年，方圓十里外的其他學生大概都落榜了。我小時候鄰居家不乏好幾年什麼都沒考上的孩子。高三那年，六月似乎就開始放溫書假，我從台北回到宜蘭，無聊地等著七月初的大學聯考。記得有天早上九點多，祖母把我叫醒：「都要考試了，妳怎麼還睡到這麼晚，不起來讀書？妳爸爸以前不是這樣！考不上怎麼辦？」我惺忪的雙眼看見祖母無奈的表情。我想，她大概已經忍耐很久了，看我每天睡到日上三竿，忍不住叫醒我。

我那個年代比我爸爸應該好考些，不過錄取率，的確也只有五分之一。

我總是不以為然跟她說：「唉呀，不用擔心啦，不會考不上啦。」

我實在是個很適合參加制式考試的庸才，我的誇口也並沒有自信過度。高三那年，在北一女，考文法商的學生大概有一千多名，我當年勇是考過全校第一。高三那一年我竟然還當選了畢聯會主席，只因為當時沒有人想要放棄讀書時間，去做這種公共服務。我很開心地接下了主席一職，只為因此有了蹺課的自由。

我爸當年據說是懸梁刺股、臥薪嘗膽、咬牙苦拚的。他是宜蘭高中第一名考上師大英語系的，幾乎是該校文科第一人，而且只能考上公費，不然我祖父不會願意為他付學費。

還好我並沒有陰溝裡翻船，讓祖母失望。

不過那年，我讓我爸很失望，我騙他我會填外文系當第一志願，沒想到我卻忽然轉念填法律系，根本就是個很容易意氣用事的人。

不動聲色、陽奉陰違是一種狡詐的生活技能。當我的決定和大家期許的不一樣，與其爭辯，還不如默默地做自己。

這是比較省事的方式，肯定不是合群的方式。在白羊中，我竟然那麼習慣當一隻安靜的黑羊。

＊＊＊

祖母讀過小學，但她大部分的朋友都是文盲，我看過她常幫朋友們寫信給離鄉的孩子。跟她那個年代的人一樣，她聽日語的能力比聽國語強，三十八歲那年，國民政府撤退臺灣，本來並沒有想要一直留在這個島上。之後徹底推行國語教育，已經是我小時候的事情。

祖母本人胸無大志，對教育卻很堅持。比美國隊長還不妥協的精神，出現在她一定要我父親好好念書的堅持上。

祖母也非常節省。我從小跟著她在菜市場鬼混，從我會走路開始，去菜市場就是我很期待的每日娛樂。她也會殺價，但從來沒有跟人家撕破臉過，不買就是了。她會用的伎倆只是嫌太貴轉頭而去，攤販就會叫住她：好吧好吧，太太，算妳便宜一點。

經過我爸的補充說明，她和我祖父的最大意見衝突，發生在我爸爸初中畢業的那一年。我爸向來用功，初中除了數學完蛋，成績皆佳。不過我祖父要他去念農校，那時候為了培養農業人才，農校有全額獎學金，完全不用花錢，我祖母卻堅持讓他去念普通高中，跟祖父吼到臉紅脖子粗。終於，我爸爸得以去念宜蘭高中，完成他的大學夢。這個妥協，當然是靠祖母答應支付所有的生活費。

於是，祖母很努力的幫人家做衣服，日以繼夜，因為爸爸考上師大，那時不用付學費，可是還是要生活費呀。祖母告訴我，她會一個人坐火車到台北，從台北車站走到和平東路，只為了省下公車票的錢，看兒子一眼，帶一些營養品給他。

從台北車站到師大之間的距離，祖母非常的熟悉。一個母親，提著一個滿是食物的包袱，想餵飽住在宿舍的兒子……我猜，徒步走起來大概也要八公里路。

我出生時，爸爸已經是高中老師，還在家裡開了英文補習班，他很快地抓住了教學方法，所以在我的家鄉成為補教名師。我還記得我們老家二樓曾經是爸爸的教室，而我媽就是爸爸的免費打字小姐，答答答答，她年輕又柔軟的手指打在那些很像小木椿的古老打字機鍵盤上，曾經是我最好的催眠旋律。

爸爸曾說，他人生的痛楚之一，就是當他去美國公費留學時，每天都得到中國餐館洗碗。好不容易接到家書，內容卻是祖父來跟他要回饋親恩的「美金」。彼時，我母親以教員薪水養著一家，也真難為她。而我祖父竟然以為兒子是去美國淘金……

遺憾的是，那麼愛錢的祖父，過世時並沒有留下太多錢。我跟著祖母整理他的遺物，裡頭有滿清時代的龍銀、清朝的古銅錢、還有一堆早已經變成古董的各色舊台幣。

他對於金錢的偏愛，顯然不在於使用它。

那麼，是為了什麼呢？或許他只是在索取曾經欠缺過的安全感吧。他曾歷經臺幣四萬換新臺幣一元的時代。是的，就是我們現在用的一元新臺幣的前身。

我爸爸和他爸爸之間，也一直有一堵厚牆。相敬如賓，相對無言，連眼神都未曾對到，只是為了避免衝突。我爸爸表面對父親很恭敬，但似乎也沒有把祖父的話聽進心裡。

爸爸跟祖母講話就不一樣了，他是祖母最愛的孩子。祖母後來有了阿茲海默症，慢慢變回兒童，而即使父親已經年華老大，也跟著蛻變成一個想討好母親的頑童，會跟祖母說著一些童言童語，唱一些日本歌謠給她聽。我和父親，是祖母最後記住的兩個人。

＊＊＊

祖父過世的時候，我並沒有感覺到家中出現巨大的悲傷，可能因為他也臥病了一段時間。祖母平靜地處理著喪事，叫我用毛筆寫上「嚴制」兩個字，貼在門中。直到棺木送出門，所謂未亡人必須以錘敲棺時，像水壩忽然潰堤似的，祖母大聲痛哭了。那時我念大學了，聽來與其說是悲傷，不如說還帶著某種抗議式的憤怒。祖父真是一個奇妙的人啊，他應該可以覺察到，他在自己創建的這個家庭中似乎不受歡迎，但也看不出任何的難過或企圖改善。曾祖母過世後，他買了離我們家走路三分鐘的另一間房子獨居，祖母和他仍然無交集，但只要到了中午，祖母會固定送菜給他。

我對他的印象也非常淡薄，只記得有一個中午，我路過他住的地方，他叫住我說：叫妳祖母今天中午不用煮了，因為我吃飽了。

我轉告給祖母，祖母撇撇嘴角，呢喃著說：「他只管自己吃飽了，也沒管別人還沒吃，叫我不用煮？」

＊＊＊

祖母對我之偏愛的最佳證書，來自於雞腿。

一隻雞有兩條腿。祖母到市場買了鹽水雞之後，會留一條給爸爸，然後會留一條腿給我。我弟弟並沒有雞腿的優先選擇權。

新鮮的雞肉充滿了油脂和彈性，皮與肉中間的那一層布丁般的油凍更是甜美可口。我從來沒有想過，或許祖母這輩子連一隻雞腿都沒吃過，理所當然留給我，而我也理所當然大口吃下，理所當然從我喜歡的食物中得到她豐盈的關注。

直到如今，我還是非常愛傳統菜市場的白斬雞……每當我大口撕咬著雞腿的時候，仍然在啃食著那份愛的飽滿感覺。我是多麼幸福的一個孫女。

天何言哉，天何言哉！

這個世界上最重或最重要的話，都不必用語言說出來。

之四

當我沿著噩夢的路徑尋找妳

不管經過多少風浪，總有一些畫面縈繞不去。
或許，我們該好好和這些不願卸下，驚駭面容的往事對談。

被祖母照顧得其實很不能幹的我，在十四歲離家，還真是個勇敢的選擇。當時的北一女沒有宿舍，外地生必須自己在外面租房子。從一切都有祖母打理、到必須在最短時間內學習獨立，自己要找飯吃、洗衣服，還要趕上城市孩子的學習程度，對一個才剛長到一米五的瘦小女孩來說，還真是一趟艱辛又有趣的冒險。

長遠看來，這個過程對我卻意義重大。人，原來不可能在自己家裡獨立，正和鳥兒一樣，不可能在母巢裡就學會飛翔。

不過，只要一回到老家，我仍然會自動黏到祖母旁邊睡覺，成年之後也如此。事實上，在老家我也沒有自己的房間了。從我離家，我的小房間就被當成倉庫。

多年來，非常多次，我在半夜被祖母嚇醒。

她總是忽然翻身坐起，大叫：害啊害啊，攏死了，攏死了！欲安怎？欲安怎？幾乎每次都是同樣的台詞。不知有多少次，我拍拍她的背，企圖把她喚醒。她會呆坐個幾秒鐘，環顧四周，發現剛才是在做夢，然後翻身，睡去。

我曾經問她，她到底夢見什麼？她說，那一年，家裡附近有軍隊駐守。有個軍人走過她家，看見她正在餵雞餵豬，之後似乎有什麼不禮貌的行為，祖母就去跟他軍營中的長官打了報告。

年代已經很模糊，到底在她什麼年紀？那個長官是日本人還是國民黨？她沒說，我也沒問。對老百姓來說，軍人就是軍人吧。

告狀之後，那個軍人就不敢再來騷擾她了。只不過，有一天早上醒來，她正要餵雞時，發現辛苦養的雞呀豬呀，死了一地，都是被人用砒霜毒死的。這一定是有人報復！要不是那個傢伙還有誰呢？

她又去打報告了。

後來被告也承認了。祖母說：有一天早上有人跟我說，他被槍斃了。

她的語氣並沒有太驚訝：「他被槍斃了，在一棵大樹底下，我聽人家說的，我不敢看。」

劇情急轉直下，變成恐怖片。

因為念過小學，祖母的日文是流利的。也許這是她未婚時發生的事？那就是日據時期了？現在已無從查證，只有她經常的半夜坐起來是千真萬確的。

＊＊＊

日本投降那年，一九四五年，祖母二十九歲，彼時早已經是兩個孩子的母親。國民黨來的那年，她三十三歲。推斷起來，這事可能更早，發生在她未婚的時候。她十八歲結婚前，住在金六結附近，那裡一直到現在還有兵營。

那邊附近都是農田，養雞養豬，都是可能的。她婚後搬到宜蘭市來，住在市場旁邊，應該沒有空地可以養豬。

我祖父從日據時代就擔任公所小職員。他的日語也很流利，想當年受過初中教育的，也不多。

祖父在家也寡言，從不談自己的工作，相信連我爸對他爸到底是做什麼工作，也說不清楚。

總之，他從日據時代的保正這個職位，後來不知怎的就過渡到了市公所上班，是不是無縫接軌？並不知道。中間的轉折有不少波折，必須謹慎戒懼，一不小心就會危及身家性命。

我從小常看祖父在院子裡燒東西，可不是祭祖燒金紙。只要家裡有任何文件，祖父都會定期把它們放在「燒金爐」裡仔細燒掉，直到化成灰燼為止。

祖母曾說，日本人走的時候，他也一樣燒掉很多東西。一朝天子一朝臣，上一個朝代的任何東西，都會變成下一個朝代的把柄或證據。祖父認為，幸虧自己有這麼做，後來才都沒事。

我當時真心覺得，他多此一舉，那些紙張的背面還是空白的，拿來畫圖不是很好嗎？幹嘛這麼小氣。

我從來沒有看過有任何朋友來找祖父，一個也沒看過。他似乎也很安於自己的孤獨和寂寥。

祖父的謹言慎行也許是必須的，他那一代面臨政權頻繁移轉，只要站錯邊，就是險棋！長大後我才悟到，宜蘭在二二八事件之中，有公職者遭到不明不白殺身之禍的實在不少，更何況是曾經在日本人的統治下當過公職人員。國民政府一來三把火，知識分子成為被無辜誅殺的對象。後來才曉得，有一位幫忙整個蘭陽平原度過霍亂的宜蘭醫院郭院長，慶應大學醫科畢業，應該是當時菁英中的菁英，而且非常受人愛戴，就在二二八事件風起雲湧的時候，被前來接管的國民黨軍隊殘忍殺害了。和他一起被殺害、曾在日據時代做過公職的人，也都是當年的頂尖菁英。

這些故事，在我祖母那一代只能噤聲不語，永遠深記，但絕口不會提起。

＊＊＊

一個有邊緣性格的軍人，毒死雞鴨豬就死刑？是不是也被懲罰得太重了？聽了這個故事的我，實在覺得不可思議，總感覺他有那麼一點無辜。

祖母在夢中看見的，是那個人被槍斃的景象，還是那一地死去的雞豬？總之，這一幕一而再、再而三在她的夢境裡輪番上演，在她的失智症惡化之前，始終不曾離去。

白天祖母看起來什麼都不怕，殺雞殺鴨超狠，可是一到夢中卻變得那麼無助。祖母後來失智症逐漸嚴重時，她順著時間軌道往後滑行，也許失智症對患者而言，也有些許正面意義。她像一個孩子似的，用稚氣的聲音唱著日文童謠，唱得字字清晰，天真自然，臉上還流露出小學生要去遠足的神情。

她最常唱的是這首：

下雨　あめふり（北原白秋作詞・中山晉平作曲）

あめあめ　ふれふれ　かあさんが
じゃのめで　おむかえ　うれしいな
ピッチピッチ　チャップチャップ
ランランラン

かけましょ　かばんを　かあさんの
あとから　ゆこゆこ　かねがなる
ピッチピッチ　チャップチャップ
ランランラン

大意是：下雨了，下雨了，媽媽拿著傘來接我，我踩在雨水裡好快樂……

失智症雖然是令人恐懼的，然而，在剛開始那幾年，祖母變快樂的時間反而增多了。以前她不敢公開表達不滿，但私底下還是會在朋友來找她時抱怨一下。後來她幾乎忘掉了和我媽之間的所有不愉快，然後根本忘了我媽是誰。

大概是八十八歲以後的事了……她時而清楚，時而昏睡，搞不清楚時間順序，認不出來看她的人，也會誤以為我還在念小學……她彷彿自由的在自己時光的甬道中旅行著。雖然慢慢地無法自主行動的她，在這樣的狀態中，心情是比較放鬆的吧？

如果看起來比較快樂，那麼真的假的、現實的想像的、過去的現在的……有那麼重要嗎？

她照顧的孩子長大了，外面的事情多了，回家的時間少了……我有時候會想，當我沒有睡在她旁邊時，她是不是還常常在夢中看到雞啊豬啊都被毒死了，然後大聲尖叫醒來？我不在身邊，有人會安慰她嗎？想到這裡，為了我的展翅高飛，我難免有一點內疚。

是的，每個孩子都是忘恩負義的呀。當我們有翅膀，慢慢會飛，為了自己的生活、自己的夢想，就無法顧及曾經哄我們入睡的那雙手。然而，如果我們一直留在原來的巢裡，恐怕會變成另外更嚴重的家庭問題。

一代傳一代，下一代無情無義而善於遺忘，想來竟然如此理所當然。

噩夢當然是沒有解決的心結，或暗示著我們還消弭不了的陰影。

我也曾有不斷重複的噩夢。小時候在祖母旁邊睡覺，幾乎不曾做過噩夢，後來倒是常常夢見自己掉進蛇堆，或是被什麼東西追趕著……或者，我揹著書包上學，可是肩膀上的書包愈來愈重，迎面吹來的風也愈來愈大，我彷彿在暴風雪中前進，走也走不動……

這些很容易被歸因為升學壓力，然而就算我老早脫離升學的行列，這類夢還是常常上演，大概是在我面臨壓力時頻繁發生。有時候我正在密閉電梯中，當電梯的門關上，眼前一片漆黑，電梯像雲霄飛車或者是自由落體上上下下左左右右，不知要把我帶向什麼樣的懸崖或者地獄……要不，就是撥不出去的電話，我會看到一個臺灣最早期圓圓胖胖的黑色轉盤電話，總是在緊急時刻，我想要找一個人，可是怎麼撥都無法撥到我要的那組號碼……

我甚至還曾經在夢中殺了人，然後萬分後悔……心裡慌張地想著，此生到底該逃到哪裡去才好？

高齡懷孕，妊娠毒血症，可能因為血壓太高的緣故，每個晚上，我都夢見自己身處戰場，受傷然後被送到傷兵醫院，身邊都是斷手斷腳、包紮得像木乃伊的人。

原來不是醫院，是即將嚥下最後一口氣的人待的墳場……醒來，全身僵硬，要花上好久時間，才能安撫自己的情緒。

噩夢的好處，好像是恐怖片或災難片，看完之後讓人發現：還好現實生活並不那麼艱難。

然而，年齡漸長，好些年來，我都沒有做噩夢了。主要的原因，可能是因為開始跑馬拉松之後，好睡了；而高血壓的問題，在我離開影劇圈的高壓生活之後，竟然漸漸回復正常。在心理上，我老了，心寬了，我打從心裡原諒了一些人，也打從心裡放過了我自己。

有一個經濟學的名詞幫助我很大，叫做「沉沒成本」。就算你有不能夠原諒的人，或是曾經把你三魂七魄都嚇掉了的過去，過去的就是過去了，再驚恐，你都得正視它，並且誠懇地讓它離去。這也許也有助於讓噩夢不再跟我玩追逐遊戲。

＊＊＊

祖母的人生美滿嗎？

死守的婚姻，不一樣的價值觀，相對無言連眼神也不交流的另一半。辛苦養大了兒女，兒子算是有出息，讓她衣食無虞，但平靜如湖泊的家庭中暗流不斷。

祖母和母親之間，外表看起來像一對和睦相處的婆媳。然而，中間有多少顧全大局的忍讓？當我逐漸成長，明白了唇齒相依的家人之間，日常生活滋生的怨，恐怕比不得不的愛來得充沛。

這件事情，如果我的母親還在世的話，為了面子一定會極力否認，不允許我講。

就跟許多臺灣家庭一樣，婆媳看似融洽，各司其職撐起一個家。我父親是獨子，不可能不與祖母同住，我母親也需要祖母擔負起照顧孩子和幫忙做家事。我母親是個本性善良，但是情緒比較多的人。舉例來說，她可能會因為有人忽然跟她說「妳婆婆人好好」而不高興，她會往「難道你是在暗示我不夠好嗎？」的奧妙方向想。

兩人個性其實有著巨大的不同，並沒有真的很融洽。我母親在中年之後，常因細故和祖母唯一的女兒——也就是我唯一的姑姑——有很大的衝突。母親甚至曾說自己對她恨之入骨，她一生氣，就會要我選邊站。

我可能也不擅長說表面話，總是跟她說：「我不想聽，妳們的事跟我無關。」事實上，我很為難。姑姑本來住在台北，在我念高中的時期，也曾經很照顧我啊……只要我母親在，姑姑就不會來家裡看祖母，王不見王，讓祖母傷透了腦筋。

那時，祖母已經慢慢走不動了。姑姑住在附近，想來探望卻得挑我媽不在的時候，心裡也一定很氣惱。

我媽不是個容易跟人和解的人，這種心結一直到她過世，都沒有消除。幾句話，記了幾十年。

母親的這個習慣，或多或少提醒我，對負面事件的記憶力，實在不用太好。人和人之間因為一句話而結怨，其實很容易；忘性好，人生不難。我的父母在這件事上，天性剛好相反。我父親就算是碰到欠他債跑掉的朋友，依然可以微笑（可能是因為健忘或膽小）；而母親就是時時拿恨意來咀嚼，我們少年時出的醜，她也常在幾十年後提起來聊。

在祖母意識還很清楚的時候，大約是六十歲到八十歲吧？好悠長的一段年歲……當祖母的大姊或朋友們來找她，她們會把房門關起來聊天，我總會聽到祖母對親友抱怨一些我媽在說話時扎過來的針針刺刺。

她們之間最深刻也最具體的衝突，其實都是很微小的事件。事情是這樣的，某個假日，我母親突然心血來潮在房子外頭掃地，對面那個天真的鄰居太太，竟然跑來跟我母親說：不是都妳婆婆在掃，妳今天怎麼有空？

你知道的，有些三姑六婆啊，說者未必無心，我媽也就聽成了有意。

我媽認定了祖母一定是向鄰居抱怨說她懶惰，或者什麼也不做。她對著那位鄰居太太回嘴：「誰亂說話就不得好死」，這位鄰居太太也惟恐天下不亂，馬上搬弄給我祖母聽，說妳媳婦可能就是在說妳呢。

其實，我祖母跟我媽這兩個人，一個是沉默剛直、隱忍不發；一個是腦補想太多、表達情緒化，個性本來就不太對盤。再加上我爸只有一個處理祕訣，叫做逃之夭夭。她們兩個人同住一個屋簷下許久，雖然都在避免正面衝突，但是背地裡對彼此都沒有太喜歡。

我媽跟我投訴祖母，肯定是不討好的。我算是「祖母的孩子」，一直比較站在弱勢的祖母那邊，濟弱扶傾。我的個性也剛硬……現在回想起來，順著她兩句不行嗎？其實，我媽只是想要得著一點心理安慰吧。

後來我努力地讀過一陣子心理學，想要解答自己在原生家庭裡的一團迷霧。我發現，我小時候不管怎樣都會得罪我媽，連考第一名回家太得意，也會莫名其妙吃我媽一頓打，尤其當我爸和我祖母不在的時候，我真的得一直「繃緊我的皮」。甚至在除夕夜領完紅包時，會聽見我媽低吟著「妳不要以為過年我就不敢打妳」……我的罪到底在哪裡？真正的答案可能是，我不小心成為「情緒出口」罷了。

我曾經幻想自己可能不是我媽親生的，可能是某國公主流落民間……但事實上，從外貌上一看就知道我媽就是我親娘，這個懷疑實在不成立。

我根本就是祖母的小跟班，自然是祖母「那一國」的人，而且表現得太忠誠。我在祖母身邊從小睡到大，祖母是我所有的安全感，我實在無法變節。

記得有一次，爸爸不在，媽媽強迫我上樓陪她睡，我雖然不敢說不，但也著實睡不著。人生中第一次的失眠經驗，大概就是那個晚上。

我媽媽應該會覺得，女兒是她生的，她也有努力賺錢養，我卻跟祖母比較親，非常聽祖母的話，只會對她頂嘴，心裡應該覺得不是滋味吧？

都是祖母害的，我母親心裡應該是這麼想。

我媽初中畢業之後，念了五年的師專，十八歲就當了小學老師。那時候的小學生乖得要命，一個口令一個動作，打了小孩，家長還會來感謝你。小學老師於是養成了一種權威，不容任何人挑釁，尤其是自己的孩子，偏偏自己的孩子肯定不會比學生來得乖巧，就跟我在學校也比在家裡聽話一樣。

那個時代當小學老師，很有權威，在學校誰都聽她的話。她的情緒只留在家裡，家裡的氣象隨著她的心情改變，晴時多雲偶陣雨。只要她不高興，就算表現良好，也可能把我打得兩腿青紫，她總能像熟練農夫找出菜蟲一樣挑出我的毛病，而那些理由我應該從來沒有心服。偏偏我超級有骨氣，從小是一條鐵錚錚的女漢子。我記得有個晚上，她叫我洗碗，我不肯，我說我作業還沒寫！為什麼弟弟不洗，我要洗？

我媽大概說了什麼「妳是女人就要會，不然以後人家會笑我沒教妳」之類的話吧。我瞪著她，把書中學的成語拿來賣弄：「暴政必亡！」於是……下場不是被扁就是被罰站。

罰站，你以為我會乖乖的？也絕不是。

我的女兒在上國一時，有一陣子也學會了「瞪」字訣，有一天我真的被她瞪到頭皮發麻，忽然爆發了拍桌子說：「我欠妳什麼？妳再瞪我試試看！」天哪，我口中吐出的話，還真喚醒了某些古老的場景與記憶。

人生真是迴力鏢啊……我們在不同的時光場景中，被迫重溫某些事，應該推斷為命運故意的考驗吧？看你過了這些年，有沒有過關？還是卡在原來的地方？

有些事情被忘記了，卻在某些偶然的時候，又偷偷被扔進腦海裡。這些年，我在教小孩時，常常也有恨鐵不成鋼的感覺，大部分時候我都會深呼吸，忍住，我擔心自己也變成一個塑造孩子陰影的暴躁母親。

然而，女兒應該也敏感地看出我在忍耐，她瞪著我的眼神，多麼像我小時候啊……雖然那一剎那，我有著現世報臨身的感覺，心臟像被急凍槍射中了似的，但是，非冷靜不可。平心而論，我有很多條件可以冷靜啊，我生第一個孩子的年紀，是我媽的一倍以上，在這麼漫長年歲中，我經歷過躲閃不了的世間波瀾，以及置身於複雜人際社會的雪雨風霜……我練得皮堅肉厚，實在沒有不能冷靜的藉口。

我知道我要的是什麼。對我來說，孩子的成績和親情，只能用小山坡與珠穆朗瑪峰類比。

其實我媽在小孩教育這方面，還真沒我這一代母親那麼燒腦。她幾乎不用輔導我們寫功課，我們都會自己寫好。她的方法，簡單粗暴，卻超有效。

有一回我在教孩子數學的分數時，有個記憶忽然闖了進來。我記起自己在學「幾分之幾」時，上課在放空，考卷亂寫，小考考了二十幾分，還傻楞楞的沒把考卷藏起來。結果我媽看到分數，直接拿考卷往我的臉上啪啦摔過來。然後呢……過了沒太久，我好像就能考滿分了……

啊，以前的媽媽，生活雖然沒那麼便利，經濟沒那麼寬裕，但在某些方面，其實比較好當。

＊＊＊

我祖母和我母親只有一個類似的地方。

那就是廚藝都不怎麼高明。

祖母煮的菜不難吃，但永遠是那幾樣。魚用乾煎，菜用水煮，五花肉用醬油炒，香腸水煮切片，最好吃的叫做煎荷包蛋，但也都煎得全熟。和她個人口味清淡有關。她不喜歡變化，一以貫之。而這種清淡到無欲無求的飲食，也可能是她長壽的原因。

好吃的，都是她努力去外頭買的。

「要回來囉？妳要吃什麼我去買……」

聽她說過好多次。

我媽煮的菜啊……應該用五味雜陳來形容。我有時會對她的創意感到瞠目結舌，比如豌豆加上茄子加上豬絞肉加上菠菜加上紅蘿蔔，像是在打果菜汁。有時會把上一頓的剩菜加上新菜一起煮，滋味怪異，但她自己總覺得很好吃。

好幾次，她煮紅豆湯要我們喝，說可以補血，但卻沒煮熟。

彼時我已經從家政課學會紅豆湯煮法。我說：妳應該沒有先泡過水吧？她堅稱她知道要泡水，只是她覺得這樣硬硬的比較健康。

「雞不是就都要吃一些石頭到胃裡，才能把胃訓練得更強壯嗎？」這個理由真的有學問。她常為了要讓我們吃掉她做的所有東西，推演絕妙邏輯。但是，如果我們真吃掉了，她還會一直做。

如果我們不肯吃，她會覺得孩子糟蹋了她的愛心，表情立刻不高興。

印象中最深的是，我的小弟不喜歡吃青菜。小弟個性也很硬，就算從容就義，死也不吃。那一幕滿清十大酷刑在我眼前上演過幾次：她捏著小弟的鼻子，強迫他把青菜吃下去。

我知道，每個人想起母親的菜都充滿了感動。但是我家真實的狀況是：一直到我們年紀都很大了，我跟我大弟回家過節前，都會在巷口的麵店吃完飯才回家，而年夜飯都會不假思索花錢訂年菜回家。

其實，我媽應該當居禮夫人的，她那麼喜歡實驗。聽說她以前念書數理成績優秀，是蘭陽女中初中部唯一考上台北女師範的學生。我父親語文科很好，我媽數理滿分。她的天分或許被那個時代埋沒了，過早結婚生子，還有謀生壓力，使她的天分無法發揚光大。她的種種烹調創意，也只是在為生命找出口吧？而我們竟然像一群沒良心的小狼，那麼不領情。

我也是個喜歡實驗的人，也會在某一陣子，執迷於做某種事情，試探各種可能，直到另一種新的狂熱到來。跟我媽稍微不同的是，通常我惡搞的不是食物，也不強迫家人吃掉。像我媽那樣的菜，也需要相當勇氣。

我只有一個孩子，萬一她翻臉了，我可就連一個「消費者」都沒了。不吃，那……就算了吧，試別的。

偶爾我也會研究各式菜餚：紅燒牛腩、滷豬腳等。有一陣子，我調製各種辣椒醬，家中只有我和大弟吃辣，根本沒人吃辣，所以我大弟就成為我的最佳實驗對象。

大弟對我的辣椒超捧場。有天他對我說：「姊，妳記得饅頭夾辣椒嗎？那是我小時候覺得最好吃的東西！」是的，我們兩個有一陣子非常熱中於饅頭夾辣椒：白饅頭加辣椒，如果剛好又能加一顆荷包蛋的話，那就是最美味的一餐。

＊　＊　＊

做菜，其實是為了餵養小孩。我的母親曾經很努力，可惜我們都不賞臉，好像故意跟她作對似的，愈強迫，關係愈僵。她一定在想：怎麼學生那麼聽話，子女都這麼叛逆？

她的實驗是很難遺忘的童年記憶。有一陣子，她堅稱馬鈴薯有營養，會讓我們像美國人那樣長很高，於是大概有三個月的時間，她每天回家都要我們一起揉一種用馬鈴薯做的湯圓。說真的，當時的馬鈴薯纖維很粗，要把纖維弄到可以入口，很費工，而它的確也是我人生吃過最難吃的湯圓。即使我想要美化記憶，也說不出我想要再吃一次。大概有一兩年的時間，她非常勤快的在早上用一種震耳欲聾的榨汁機弄果汁給我們喝。芹菜加上香蕉加上香菜加上菠菜，可能還有番茄加香瓜和紅蘿蔔……總而言之，顏色很像是恐怖片裡的鬼流出來綠色的血，味道則複雜到很難形容。話說某天朋友到我家吃飯，飯後她硬勸我試一下她現打的八種果菜的有機果汁，我堅決不肯。那些深褐色果汁攜帶著我的童年陰影，排山倒海而來，立刻藉口逃走了。

我至今非常不喜歡別人夾菜給我，或勸食，更別說強迫我一定要吃什麼比較健康，偏偏年長的女人通常有這個習慣。直到我自己也都變成年長的女人了，對於被勸食態度依然頑強。到台北讀書之後，最常吃自助餐。雖然有時候連要不要多點一顆蛋，都要算一下生活費，能不能用到月底，但是能夠自由選擇食物，就是像蜜蜂可以自由採蜜一樣的自由。

我的確是個逆女，青春期我用的是陽奉陰違來替代劍拔弩張，家庭氣氛看似平靜，但細微的戰爭隨時會爆發。於是我十四歲就選擇離家了，要選擇獨立，也意謂著我要離開祖母的照顧。

我決定要到台北參加聯考，我媽說，如果沒考上北一女，那就要考上北一女旁邊的北女師——跟我媽一樣。北女師當時是公費，念完就可以當小學老師。我媽老是說：女孩子不要念太多書，錢要留給弟弟讀書。她是故意這樣講，應該是為了要來殺殺我的銳氣。

師專考試是在高中考試之後。為了怕我媽嘮叨，我報了名，但根本沒去考，跟同學們烤肉去了。

沒有選擇，是我最好的選擇。

其實，我滿欽佩我媽跟我祖母的，她們都不是逆女，她們不會反抗命運；無論怎麼不滿，都不會離開婚姻。即使住在一起並不真的愉快，婆媳也同住了一輩子。我祖母去世後兩年，我母親就過世了。她們仍是溫良恭儉讓的順民，一旦被決定就放棄所有選擇。生命中她們的小小反抗，或許只是在尋找情緒出口。

不像我，非常明白自私及自行其是之中，藏著好大的甜頭。

＊＊＊

當我沿著噩夢的路徑尋找妳們，我看到的是我們之間，除了永遠切不斷的牽繫，也有讓我們迢迢遠隔的滾滾洪流。

每一代女人都在孕育她的歷史，時代背景早已經被更換了，我們對於彼此，其實只能理解，並不真的能感同身受。

之五 被現實撞歪的軌道

人生都是由妳本來想不到的事情構成的，
所以，我們一定要用想法來困惑自己嗎？踩實了腳步，
硬著頭皮，往前走吧。

我們成長，我們蛻變，我們的人生軌道被某些東西撞歪，然後改變了路徑。第一個扎實撞上我腦袋的可怕景象，是五歲的時候一隻倒楣又悲哀的公雞。

讓我回到在宜蘭南館市場旁邊的出生地吧。那是一條連我幼時都覺得十分狹窄的巷子，它不是死巷，卻連騎單車也很難順暢通行。好處是很安靜，大隱於鬧市，而無車馬喧；壞處是對面人家也離得很近，誰家在吵架都聽得一清二楚。大嗓門的鄰居們聊天，就像裝了擴音器似的。聲音說不上尖銳，但也和悅耳有一段距離。入夜裡，常常聽到夫妻吵架的聲音，大白天，又看到他們帶著認命的笑容出了門，鄰居們心照不宣。生活有著必須日日行走的軌道，爭執就當是大家在說夢話時嚷嚷吼吼，當陽光出現，一切又都像夢境一樣消失了。所有的憤怒會被陽光蒸發，仍然分攤家計，生養兒女，那是所謂命運。

小巷裡的生活非常緩慢，彼時才剛剛有了黑白電視，沒有電話，更沒有電腦。有「電」也讓人們覺得幸福。平安就是不變，人和人之間關係有時平和，有時颳個颱風。其實鄉下小鎮生活，跟《老子》當中小國寡民、雞犬之聲相聞的國度，沒有相差很遠。

那時，還沒有辦法想像世界即將急速變化，也極少有人想反抗已經成型的小鎮人生。那時的人們以為人生就像一張考卷，和上一代一樣的考卷，我們只要一題一題寫完就行。這樣就不必想太多，偶爾會有幾題不一樣，要費點腦筋。

＊＊＊

牠會痛嗎？

那隻公雞，血淋淋的，卻又活生生在我面前走來走去。我應該是個五歲的小女孩吧？站在後院裡，好奇心戰勝了恐懼感，睜大眼睛凝視著牠。

平時我沒有太注意牠，牠是一隻很吵的雞，一隻報曉的公雞。全身雪白，雞冠鮮紅。然而此時牠變得長相怪異，脖子快要斷掉了，只剩一條線。脖子上的血跡被牠雪白的羽毛襯托得更加鮮麗。

那是祖母養的雞群中的一隻，院子很狹窄，牠們只能待在黑暗的籠子裡。因為味道很難聞，除了看祖母從雞窩裡取雞蛋，我很少會靠近牠們。對我而言，牠們沒有哺乳動物可愛，總是發出噪音般無意義的叫聲，只會因為食物而興奮。

我不記得任何一隻雞，除了這一隻。

雖然牠的脖子已經像是一條絲線，牠仍然抬頭挺胸的走著。祖母說：夭壽啊，被老鼠咬成這樣……。

老鼠昨天咬死了一隻母雞。

也許經過昨晚狠狠的戰鬥，老鼠終於被擊退，而公雞也英勇的受了傷。大家都看得出牠應該不久於人世了，但是牠仍然驕傲而平靜，仍然趾高氣昂。

那一個恐怕不到十平方米大的後院，有著長滿青苔的牆面。院子裡有廁所，也有儲水槽，而且兩者非常接近。以前沒有抽水馬桶，沖廁所和煮飯根本用的是同一個水源，一切手工。院子的地面永遠是潮濕的，壁上總有薄薄一層青苔，除了拜宜蘭擰不乾的天氣所賜之外，還與儲水槽有關，儲水槽用的是地下水，比五歲的我的個子高，我總要踮腳尖才看得到裡面的東西。

裡面有魚，黑色的鯉魚或鯽魚。因為祖母煮菜的水也從這裡舀起來，我從小對於這種與魚共生的生活覺得很不可思議，一直懷疑自己會在菜中吃到魚鱗，然後我的胃裡就會長起鱗片來。大人們則都習以為常。

養雞的鐵籠子有兩層，位於院子裡潮濕的角落，下頭有一條小水溝通往圳溝。臭水溝的味道結合糞便的氣息，一靠近就令人想吐。

要怎麼處置那隻受傷的雞呢？牠打敗了老鼠，是不是應該要鼓勵牠一下？我正想著，祖母就動手了，她在狹窄的後院裡瘋狂地追著這隻雞。這隻雞顯然才從老鼠的爪牙裡死裡逃生，並不知道自己的脖子快要斷了，看到有人追牠，牠鼓起所有的力氣拍翅亂飛……祖母像參戰勇士，追逐著負傷的敵人，她花了很大的力氣抓住雞，然後用閃電般的速度，拿菜刀喀嚓把牠的脖子砍掉！

非常血腥而無奈的一幕……我不忍心看，不過祖母應該知道，如果她不解決，誰來解決？那隻雞眼看就要死了，也許一刀更能解決牠的痛苦，而且如果拖到自己死掉，那麼牠就變成一隻不能吃的死雞了。

家裡任何粗活，都是祖母在做，她的態度總是「當仁不讓」。比起要做很多事，沒事做才會讓她心慌。這一個特長，中年之後在我身上也很明顯，我喜歡埋頭做一件事，咬著牙把自己想做的事或該做的事完成，像上了癮一般。

曾經患過肺結核的祖父相當瘦弱，身材也沒有比祖母高多少，整個人像是強風中飄搖的竹竿。受日本教育的他，從不認為男人應該做家事，因此所有的家務事都落在祖母身上。不管多麼細瑣、無趣或是無奈，祖母把這個家所有的事都當成她份內的工作。

他們的相處也非常日本式。她和祖父很少一起出門，一旦出門，祖父只是悠悠閒閒走在她前面一步，很自然地把包袱交給祖母拿。他手上總不拿任何東西。

＊＊＊

雞有牠的悲慘命運，祖母有她的使命。

那天晚上，餐桌上加的菜，有一隻很完整的雞，雞頭還放了上來，只是少了脖子。

我不敢吃，看過動物活著的模樣，牠的屍體我就吃不下去。也許這是一種虛偽的仁慈，甚至根本就是一種假慈悲。我怕牠認得我，我認得牠，我吃了之後牠會到夢裡來找我。但是，我卻常幫忙拔雞毛。祖母把雞燙熟後，拔毛是我的工作，我是祖母的得力幫手。拔完之後，祖母會給我一塊錢。

被砍斷脖子的雞和鴨，一整隻放進炭爐上燒的沸水裡煮熟。那時還沒有瓦斯爐吧，殺雞宰鵝，方法古老，和千年前的老祖宗差不多。跟著羽毛一起煮熟的雞，味道非常難聞。不過當牠的皮肉被煮熟之後，拔毛也顯得容易許多，我會很勤快地把雞鴨身上的毛髮清除乾淨，以一種除惡務盡的決心。有時我會收到一塊錢或五毛錢，祖母未必會給我現金，她說她都會幫我存起來。

那隻雞被殺之前，我的心裡演了一幕內心戲：打贏了老鼠，雞能不被殺嗎？不被殺的話能活嗎？如果就算活下去，雞的命運可以不被殺嗎？如果還是要被殺，那麼被老鼠吃掉，結局不都一樣嗎？

這些很類似存在主義的思考還在我的腦海裡轉圈圈時，雞早已被快狠準結束了生命，成為餐桌上的美食，沒有人在意牠曾經的英勇事蹟。

等到我長大，有一次我問祖母，她最怕的東西是什麼？她想了想，竟然告訴我，是殺雞。這個答案讓我非常訝異。我看她在追著那隻快要沒脖子的雞時，那麼勇敢與果決，像武俠小說裡不管怎樣也要報仇的女俠……她最怕的竟然是殺雞？

因為不得不殺。除了她，沒有人能殺？

那麼熟練，看不出她的害怕。我又問，那她為什麼要自己殺雞殺鴨？她說，沒辦法呀，那個年代，嫁了人總得要會。可不是每個人都有錢到市場去買雞鴨，自己能養，就有肉吃。不想做，卻一定要做，就是所謂的人生責任嗎？

那隻雞，是我人生中第一個「存在主義」的疑惑。如果說，我從那隻脖子快斷掉的雞，開始思考人生問題，也不為過。

如果一定要掛點，怎麼掛有差嗎？這個問題我們竟得用一生求解答……。

＊＊＊

祖母是家中勞力的主要來源，一直是。她沉默地承擔著許多東西，把那些視為責任。患過肺結核的祖父，身體虛弱，秉持日據時代男人的尊嚴，只等著她服侍。我爸也給她養得什麼家裡的事都不會做，只會讀書；接下來她寵的就是我……。

祖母的不多話，是一種美德。一個話不多的人，通常比較會讓別人聽她的話。畢竟，人家好不容易才有一些要求，那麼就照著做唄。如果吩咐多如牛毛，又一講再講，人家就把耳朵關起來，反正妳會再次強調，我何必急著聽呢？

可能也因為祖母自小不多話，長大後我也挺怕「講話切不斷」的女人。

時代轉得真快。近三百年超過前三千年；近三十年超過前三百年；而近三年又超過前三十年。

以上的殺雞情景，已經是現代人難以想像的。人們在這個時代很難鑑往知來，按照過去慣例，未必能在未來安居。

在我的世代裡，相對上我算是一個不太在乎別人意見，做自己的人。可能就是那隻雞的緣故吧？儘管怎麼做都得去見閻王，我還是得咬死那可惡的老鼠……

在我成長的年代，物質變化迅速而激烈，從剛開始驚訝地看見黑白電視、第一個家用電話、我二十多歲時才知這世界上有「電腦」這個東西，而且當時的電腦可能一間房也放不下……沒過幾十年，就有了無所不能、萬物濃縮其中的智慧型手機，這個時代的更迭以魔幻式的急速，汰舊換新進行著。

在命運的軌道裡埋頭走著，往往回頭望時才發現：天啊！不知不覺走了這麼遠，恍恍惚惚之際從戈壁走到了喜馬拉雅山。吃過的苦，費過的力，其實在記憶裡也沒什麼特別了不起的部分，我們被某些無形而巨大的力量，推呀推的推到山峰上……只要我們不堅持留在原地。

＊＊＊

教我明白什麼是責任的，其實是五隻無辜喪命的蝌蚪。人如果不盡責任，就會製造自己的災難和愧疚。責任實在是非常實戰的一門課。

那一年，我還住在市場旁邊，只有五、六歲吧？跟著鄰居小孩到附近荒廢地去玩。在水窪中我看到一些黑黑的小東西，原來是蝌蚪。好奇之餘，我抓了五隻放進玩偶用的玩具小碗裡，然後開心帶回家，隨手「供」在我家的神明桌上。我糊裡糊塗忘記了這件事，等我再想起時，牠們已經變成五隻沒有水的蝌蚪乾。看到牠們的屍體，讓我非常震驚，就趕快把那個裝著蝌蚪死屍的玩具碗丟掉！企圖毀屍滅跡……

不過，那個玩具碗卻被鄰居的小孩撿回來，他們認出那個碗是我的，還把蝌蚪屍體還給我。

我……真的不知道蝌蚪會缺水死掉！

這個謀殺案的確讓我心裡留下相當的陰影，以致於我總是還牢牢地記得我是兇手。那是不負責任的下場：妳搞死了幾條命，好幾年心裡始終有一坨烏雲，記憶中的烏雲好難消散。任何事情，要麼不做，要麼不養，做了養了，就不能忘。

這個故事本來被我忘記了。後來我有了自己的房子之後，也有一個小魚池，某天有人送給我兩隻長了腳的蝌蚪，我把牠們放進魚池。那個魚池大概有一坪大，旁邊有雜草和花木，蝌蚪一放進去好一陣子看不到蹤跡了。

我沒有看見青蛙，以為牠們已經跳走了。幾個月後，我才從魚池旁邊的黃金葛中撿到一隻乾掉的青蛙屍體……一剎那，我坐在那裡，沒來由地大哭一場。我哀悼的應該不是那隻我從未謀面的青蛙，而是想起了幼年那五隻被我害死的蝌蚪們。當時，我只是害怕，沒跟牠們說聲對不起。人的疏忽會造成那麼大的災難，多麼深刻的記憶。

明明在池塘裡活得好好的蝌蚪，竟然因為我一時好玩，永遠變不成青蛙。

原來，人還真的不能為德不卒。

負責任應該算是她耳提面命的身教。祖母是個穩當的人，她答應的都會做完，就算不是真心喜歡。像殺雞這種事情，是她分內的工作，就得咬著牙完成。

責任到底是怎麼一回事？我想是一種選擇，不負責任會讓人不舒服。我們盡責任，是為了讓自己放心……當然，有時候做人不要太盡責任也會覺得有點開心，就好像明明想當個好母親，但突然發現有人幫妳帶小孩的時候，煩惱瞬間就煙消雲散了。難怪有人會說「我愛我兒，但我不愛育兒」。

我老覺得自己徘徊在負責與逃走的鐘擺兩端。

搖擺一小陣子後，總告訴自己：自己選擇的，那就把它做完；若是真心不想做，也沒副作用的，就逃吧，也無妨。

＊＊＊

活在這世界，到底為了什麼？除了活著，我可以做一個什麼樣的人？

你是誰？能不能不被迫做一個別人想要的人？

這始終是人的基本課題。

一切哲學從驚異開始——亞里斯多德是這麼說的。

我只能如此簡單解釋：所謂驚異，就是因為自己原來無知，對這世界上的事情產生了無可控制的好奇。

好奇，試錯，尋找對的可能，發現自己不想成為哪種人，又想成為哪種人……？

找到的答案或許都只是暫時的，但你也可以堅持做一個你想做的那種人！

之六

好故事背後的壞故事

陪伴，說起來多麼簡單，做起來又多麼難。

後來，當我們相對時，妳的遺忘與我的挑戰，

兩個不平行的宇宙，安靜，卻絕不安詳。

不知道祖母知不知道？作家也算是一個職業，只是沒有勞保和薪水。這個工作超乎她對職業的理解範圍。而且，我是她認識的第一個作家。

祖母從來沒有跟我談過我的書和節目。她也從來不問我：工作如何？薪水如何？我回家，她只問我：想吃什麼？

作家或我之前當過的編輯、記者或電視主持人這些職業，離鄉下小鎮的生活太遠。她只怕我不能謀生，哭著臉在家沒事幹，又沒男人養……她對我的要求其實很低。

她晚年的娛樂，只剩下聽歌和看電視。我也主持廣播節目，超過二十年以上，現在也還持續著。不過，她不聽我的廣播節目，主要是她沒法完全理解國語，而我節目討論的事和她的日常生活不太相關。她喜歡聽當時的台語地下電台，會去買電台裡所推薦的「海鳥牌珊瑚鈣」之類的東西吃。

我在電視台，從第一個節目開始，當一個「派遣」主持人（不專屬任何電視台）東坐檯西坐檯，竟然也超過二十年。我實在沒有娛樂大眾的天分，但在電視節目百花齊放的熱門時期，也曾有一個月休息不到一天的紀錄。我在娛樂圈卻極少應酬，人家找我主持節目也從來不是因為我的美色，我應該是電視台裡最像平凡上班族的人。事實上多年前我就對沒什麼創意的節目彈性疲乏，但直到祖母去世後，我才離開最後一個電視節目。

重複的八卦，譁眾取寵的內容，低成本的綜藝談話類節目因為「有比較多人看」而充斥著。觀眾可能不明白，節目會做成什麼樣子，主持人的決定權多半只有百分之十不到。是誰決定的？說起來很複雜，像是一個循環論證的謬誤。電視台會參考國外的節目哪個受歡迎，就抄哪個。也會看友台的節目哪個收視率高，也抄。東抄西抄，看哪個打中了收視率；高收視就能夠吸引比較多的廣告廠商……觀眾會罵節目低俗，電視台長官認為：其實低俗正是觀眾愛看，看收視率就知道了，越火辣越違背常情就會飆升。

本來能操持一切家務的祖母，在八十五歲一次小中風之後，漸漸變得連出門、到花園澆花都很吃力。慢慢地，在尚未完全失智的那幾年，她的每日大事，就是坐在客廳裡看電視。她會準時收看我的節目，不過，與其說是收看，不如說是：把我的聲音變成環境音，感覺我每天都在那裡。

其實那幾年，我已經深深覺得我主持的節目毫無營養，對要去電視台錄影這件事十分煩躁，而血壓也一天天上升。然而，我會告訴自己：祖母在看呀，她在看著。

她在看著，又不管我說什麼話，談什麼題目。她只要聽見我的聲音就好了。

祖母失智之後，更加沉默了。不太能理解別人說話的意思，又常掉入不同的時空，說了幾句，又會陷入恍惚之中。陪著她，往往無言以對。那十年，我對她唯一的貢獻，就是她打開電視，可以聽到我的聲音。

她會在固定時間要看護打開電視，聽我的聲音。然後，慢慢睡著了。

祖母過世之後，我就更不明白，我繼續在電視台做節目，是為了什麼？

此時電視台也逐漸像鐵達尼號一旦撞船事故發生終將沉沒於大海，因為一切資源漸漸向新媒體轉移，而陷入了平台衰退的窘境。算起來，從我進入電視圈到離開的那幾年，正是夕陽無限好的時期。對於能夠完整見證由盛而衰的電視史，對我來說也算是生命中的重要紀念。

＊＊＊

我做的所有工作，都不是祖母想像得到的，包括後來的從商。

她對我，也從來不想像。

就是一個孫女啊，把我好好的帶大是她的責任。我只要活得好就好了。

沒有什麼期許、期望，沒有任何像「豬養大了要殺」之類的目的。

沒有目的，才是當親人的目的吧？

有祖母的陪伴，所以我有安穩童年。這句話基本上是真理：所有自小想當作家的人都有個寂寞童年，以便在紙上盡情傾吐。

孤單和寂寞怎麼區分呢？

有人陪，就不孤單；沒人懂，叫寂寞。

我的童年一直處在有人陪伴著，心裡卻寂寞著的狀態。為什麼想當作家？因為身邊的大人的職業都不叫我好奇，也無所嚮往。直到我發現了，這個世界上有一種東西「真的有趣」，叫做「陌生的人寫的書」。因著書，我得以脫離有限視野和各個年代有意思的人打交道。

那麼，我可以成為其中一員嗎？

嚴格來說，想當一個小說家，那一年，我可能只有十歲吧？小學四年級，老師問大家未來想做什麼？我舉手說：作家。一個鄉下小鎮欠缺的職業。

同學們驚訝地看著我。

在那一個年代的小鎮，方圓百里沒有任何認識的人以作家為職業，有出息的同學都要當醫生、工程師、銀行職員，或者是老師。

閱讀的愛好，那可能是我逃離日常生活的解藥。大概在初中一、二年級的時候，我就已經把能夠在附近書店買得到的書看完。

如果生長在和樂溝通、精神上完全不必苦惱的家庭裡，孩子應該不會一直想要把專事寫作當成技能或出口吧？

由於某些奧妙的關係，我成為媽媽的情緒出口。有很長的一段時間我一直認為母親非常討厭我，這是我童年怎樣也想不通的問題。

我媽媽有一種本領，只要我有一點開心，她就像個急凍人似的，把一切都冰凝起來。最大的可能是因為——她也一直在不快樂的漩渦裡，這當然也是惡性循環。以致於後來在她面前，我總是面無表情，看起來更惹她討厭。

有一回，我在客廳看電視，看到當時的偶像劉文正出來，我興高采烈歡呼了一聲。我媽走了過來，當著所有的人，瞪了我一眼，大罵了一句：三八！

那時我頂多是小學五年級。此後我發現，只要我一高興，她就會不開心。我曾經費盡力氣地想討好她，然而，大概失敗了一百次。就算我拿回全校第一名的成績，只要我面露喜色，她就會低聲說「妳千萬不要以為這樣有什麼了不起！」「人家隔壁鄰居家的女兒很會帶弟弟、妹妹，那個才有用！去！洗碗去！」

小小的我曾經思考了好久，為什麼看到一個偶像明星在電視上出現，高興了一下，就會被罵？還有，我到底要做什麼才不會被罵？我的母親當時可能只是心情不好，如此而已。

一個拿急凍槍讓人情緒馬上冰封的人，可以立刻看見自己的控制生效。這可能是真正理由。

在學校裡，她是個很認真的老師，大家都覺得她笑容可掬，也被稱呼是全校最漂亮的老師之一。但在家裡，她的確是一個讓人無法預測何時會踩到地雷的母親。她應該也不自覺地把我當成一個隱形的出氣筒。

千萬不要犯錯，因為她會一再地、不厭其煩地提起我犯過的錯，就算已過了十年。除非我因之惱火，以激烈的反應抗議。

有時她不直接告訴我：「妳該如何」，而是援引許多我根本不認識的人的意見來指引我。一直到後來我成為電視主持人，她還曾經打電話給我，告訴我某年某月某日對某位來賓說的一句話說錯了。

那根本是很常見的電視玩笑。我還記得那個故事。

那個來賓說他某天喝酒喝太多，撞到了一棵樹。（那個年代的酒駕應該沒有重罰）

我接口說：「噢，樹有沒有怎麼樣？」

這應該是電視主持人常用的「哏」。我媽特意來電指正，還說是她某位朋友的意見，叫我要在節目裡道歉，說我這樣講，完全沒有同情心。

我那時很生氣，心想：怎麼我到這年紀了，而且，是我的專業，不是妳的專業，妳還要下指導棋？

我說：「對，如果每句話都要照規矩講，我不會！她很會，妳叫她來主持！我明天就去辭職！」

這種措辭激烈的回答，情商極低，但卻是有效的亮槍方式。如果好聲好氣解釋，一定有下一次；如果誠懇接受指導，就會有無數次……

我和大弟都發現了這個竅門，學會以憤怒的喝止來砍斷一個話題，才能阻擋這樣的控制性進擊。

然而，這個方式當然也讓我媽覺得，她辛苦養兒育女卻受到無情無義的回報，接著她會跟娘家的人抱怨我們，然後就會有她娘家的兄弟打電話來，指責我們不孝。有一回還打到了雜誌社去罵我，讓八卦記者寫了一長篇。我大弟和我從小在同一條船上，他最兇的一次是當我媽的面說：妳為什麼不讓大家好好活下去？死的死，逃的逃，還不夠嗎？

我媽只說，她不知道呀，跟她無關。

死的死，逃的逃。前者指的是我小弟。我小弟輕生的表面原因，和感情事件有關。但這之前，他和我媽有數次激烈衝突，所謂衝突和我的「直球對決」不一樣，他打的是躲避球。臺大畢業後，我媽要他考公務員，他答應了，落榜了，本來以為這樣就沒事了。我媽用她調查局般的本領，查出了他「根本沒去考」的事實。其實我弟弟做的事情，跟我當年沒考女師專，根本一模一樣。小弟書一向讀得很好，沒太用功，也從鄉下國中輕鬆考上建中；沒看他寒窗苦讀，也考上台大電機系。然而，一進去這個系，他卻讀得不怎麼開心。他喜歡攝影、喜歡音樂，怎麼看都不是什麼公務員的料。

這是一個傷心的老故事了。當然，這並不一定是他輕生的主因。一個人不想活，再怎樣也不能把原因推到任何人頭上。

一直在逃的是我，我有很多年不敢回老家。人們會想回家，應該都是為了求安全感，大概沒有人回家求受傷吧？有好幾年，我逢年過節都訂機票出國。然而，不敢回家，就看不到祖母。有好多年，我都這麼為難著，但是為了自己的「安全感」，總是在團圓日之前買了機票。

我媽習於採取邊緣策略，正因親人關係斷不掉，她一刀出去，不怕砍中要害。她一直當小學老師，在學校環境單純，不需要處理複雜的人際關係，事實上也從來沒想過子女可能會不聽她的指導。

她晚年時，我們保持著比較客氣的關係。相敬如賓、不聊過往，這是我運作的最佳策略。她一聊起天來，大約都會抱怨我爸、我祖母、我姑媽、我弟一干人等，接著就是「你們姓吳的都沒有好東西」，希望我和她同一陣線。但是，這麼多年了，這根本不可能，而且我的確也姓吳。我從來沒有見人說人話、見鬼說鬼話的靈巧。她從我這裡得不著安慰，一遍又一遍失望了。

至少，祖母失智之後，我媽就沒有在我面前批評過她了。

也許抱怨也是她在委屈的非理想人生中唯一的出口吧？但因身在廬山中，我始終無法當一個客觀的聽眾。

我在古書看過一句話：「疏不間親」。必須承認，我和祖母關係這麼親密，我媽往那裡插針，的確從來沒有得到任何安慰。

過去我曾為我與母親的關係非常困擾。難道沒有解答？

一位心理諮商師朋友給了我一句話：有時候，有些關係，只能擱在那裡，愈想要處理，愈強求它正常，雙方會愈受傷。若一直希望關係變好，其實也是自我「控制欲」的展現，先放棄自己的期望值，或許大家都輕鬆。

直到我年紀大了之後，也覺得自己曾經很不成熟，在和她的溝通上，始終沒有發展出一個大家比較不會受傷的做法。

法。

我們只能忘了那些彼此曾經製造的傷痕。不翻舊帳不解決，也是最好的解決方法。

但是對一個孩子來說，我的童年所承受的情緒壓力實在沉重。表現得愈好，愈可能被挑剔或挨打。

我不知道什麼狀況會得罪她，也不知道她什麼時候會心情不佳，後來才發現，她找我麻煩時，幾乎都是祖母剛好不在家時。

我漸漸變成了一個反抗者，一個沉默的反抗者，認定「計畫逃家」是唯一的愉快選擇。

我還真的相信，任何人如果從小企圖當作家。他一定有一個不太愉快的童年。如果童年太愉快，像小學課本那樣寫，爸爸早起讀報、出門努力工作養活我們，媽媽早起勤灑掃無怨無尤，這樣的孩子長大了大概想要好好成家，趕緊結婚生兩個孩子再組幸福的家，不會花太多時間去當作家。寫作是一種彎曲通道的出口，而語言也是需要重重鍛鍊的，要用文字把心裡的某一種情緒表達清楚，必須花很多力氣去修鍊自己的語言，你要有說不出的話和足夠的孤獨，才能琢磨出那條由文字堆疊的道路。

我媽也許更該當作家。

她一定為這個看似平靜的家庭忍耐了許多事情，她需要出口，需要樓梯；她可能在無意識間把我當成那個發洩的出口而已。

不敢回家的正面功能，也把我培養成一個不怕陌生世界的人。有好些年，我混得不是很好。大約是在研究所畢業之後，二十五歲到三十歲的那幾年。

雖然窮，我想辦法周遊列國。巴黎、紐約的街道對我來說都很親切，陌生人不會給我情緒壓力。

然而，逃不了的。家人不是你不理他就能算了的人。

其實我們這一代，有些人小時候被打得比我兇多了。不過，他們的親子關係，都能夠修補得不錯，會說：啊，我當時很皮，被打也是應該的。

差別在於，一個孩子最害怕的，不是做錯事被打，而是覺得自己做得再好都會被懲罰。

除了當作家，我還有一個志向，就是「不用看人家的臉色過活」也是我的願望。這一點，也是後來驅使我創業和研究金融投資的動力吧。創業其實挺美妙的，只要能夠持續獲利，就不用看別人臉色。

那些努力為創業拚搏的人，說穿了都有這種小小的目的吧？否則生在公務員之家的我，在念商學院之前，完全沒想到我也可能創業。

＊＊＊

在當了母親以後，最警惕自己的，就是不要當一個情緒反覆的母親。就算孩子犯了錯，那麼，先處理自己心情，再處理事情。

對孩子而言，任何事情都可能是第一次，他們未必了解自己的行為有什麼不對，大人的確不該過度反應，讓無辜孩子承受降臨在他身上的一切。

大人隨口施展情愫，並未思考孩子是否有承受的能力。

在我念小學三年級的時候，我人生中最可怕的恐怖片舉行首演：某天我媽看了某個報紙，有人開瓦斯自殺把孩子一起炸死……那天她情緒應該很不好吧？她忽然抬起頭來對著六歲的我說：如果有一天我也這樣，那麼妳就會有新媽媽……

當時我可能正在埋頭吃西瓜，聽到這樣的話，我四處張望；沒有人，只有我，還有坐在不遠的地方的我的母親。

當時年紀小，我一度懷疑，這是自己腦袋裡滋生的想像。我也曾自我質疑是否一個寫作者，有時候分不清楚幻想或現實，根本未曾有此事發生？

然而，那個「瓦斯可能被引爆」的畫面，卻使我直至如今家中對「瓦斯」（天然氣）是非常敏感。

我不時會看看瓦斯有沒有關好。有一點像莎士比亞筆下的馬克白夫人，因為被自己的罪惡譴責，所以，不停的洗手，心理學稱之為強迫症。從六歲開始，我總會去注意瓦斯爐下面那個按鈕是不是有關好。我猜，毀容或全身灼傷可能比死掉更慘。而廚房旁邊就是我祖母的房間。

住宿舍，沒有瓦斯爐這件事，讓我非常放鬆。

沒有太久以前，有一天來我家幫忙的阿姨，因為颱風來襲，怕大雨打進屋裡，好心地把靠瓦斯爐的窗戶關了起來，也把陽台外的窗戶全部關了，等於把熱水器和瓦斯爐全悶在屋裡。當天我的狀況叫做抓狂，因為我跟她叮嚀過很多遍，只要有瓦斯的地方，就不能密閉！而向來少根筋的她卻完全沒聽進耳朵裡，於是，我發了一頓脾氣。

我想我一定讓她一頭霧水，她必然覺得很無辜：有這麼嚴重嗎？

不知者不罪。罵了人之後，我自己也有反省：我不再是一個孩子了，好好講不行嗎？我清楚地看到，點燃我心底那把怒火的，其實是我的童年傷痕。原來那些話還一直被我放在心裡，就好像一個人小時候被狗咬過，就會把世上所有的狗都當成惡犬一樣。「與其一再叮嚀，不然跟妳說明我的陰影……」後來，我努力深呼吸幾口氣之後，鄭重告訴她這個故事。這是我從小的恐懼，就麻煩妳把這件事放在心上。

說出來之後，我心裡也舒服多了。我們滿溢而出的憤怒，其實都是浮在海面上的冰山一角，別人看不到海平面下的百分之九十。

話說，二十年前在台北租屋時，真的有一次差點煤氣中毒的經驗。一個室友超賢慧在擦瓦斯爐，把開關鈕轉開了，瓦斯一點一點外洩，坐在客廳的我一點也不知道。

算是我命不該絕。不知道為什麼並不常來拜訪的小弟忽然來找我。一看到我，就說：「這裡的瓦斯味好重，妳沒聞到嗎？還有……妳的臉色怎麼發青？」

他趕緊把瓦斯關掉，而「常識欠缺」的天兵室友，竟然還無知無覺的說：「怎麼會瓦斯外洩？又沒有火……」就是沒有火才會外洩呀！沒多久，我趕快另尋住處和她分道揚鑣，以免不小心死於非命。附帶一句，室友乃臺大畢業生是也。

這件事讓我對瓦斯的擔憂更是雪上加霜。

我的確和自己進行心靈對話，不讓恐懼在暗夜裡像藤蔓植物般自由滋長。可是直到現在，下意識去看看瓦斯有沒有真的關好？窗戶有沒有打開？還是我的習慣。

不管到誰家，我總是下意識地去檢查瓦斯開關。

媽媽為什麼這麼說？是對我說的嗎？還是一時鬱悶的喃喃自語？

我的母親並不喜歡嫁來的這個家，應該是肯定的，卻得在這樣的家庭裡繼續奉獻。她無法掙脫，也不能改變，礙於人言可畏，也無法咆哮，那些對我來說聽來像地獄傳來的聲音，只不過是她的情緒出口。她一直是熱愛自己生命的，我相信她並沒有真的要那麼做。

不是所有的健全家庭都是美滿的，就跟不是所有四肢健全的人都是健康的一樣。後來我才明白我爸爸有不少讓她不高興的原因，她也一直質疑父親有許多事瞞著她。他們極少在孩子面前吵架，但是任誰都可以感覺到他們正在不高興。

兩個人都為人師表，要一直扮演模範夫妻，也著實委屈她。

大家都沒說穿，維持著表面平靜，是最好的解決方法嗎？當然不是。在詭異的和平氣氛下長大的孩子，又何其無辜。

沒有人能完全滿意同住在屋簷下的人，我的家庭真可愛，幸福美滿又安康，是這樣嗎？其實，我祖母是個很能忍的人，從不在我面前說我媽，但是其中的眉角，我自小就能感覺到。

有一天她牽著我的手，到市場買菜。迎面有個女人，雪白豐腴，微笑著跟祖母打招呼。

等她走遠，祖母輕聲說了一句：「啊，本來妳爸爸要娶她的……」

她的語氣中帶著淡淡惋惜。

祖母應該不認為我會記得，那時的我還沒念小學呢。

偏偏，我幼時的記憶力不差，某些線索不曾淡去。

我當然沒有傳話，不只謠言該止於智者，真話也該如此。

＊＊＊

我從小想當的作家其實是小說家，但是到目前為止，我並沒有好好地寫出什麼太好的故事。我想成為小說家也因為我相信每個家庭都有一個複雜故事，任何關係未必都是表面上看起來的那個樣子。美好家庭也可能像一個亮麗的珠寶盒，外表漂漂亮亮，一打開來，所有的壞東西都像蚊子蒼蠅一樣跑出來。是的，像潘朵拉的盒子……但願裡頭還藏著最後一個名為希望的東西，怯怯懦懦的希望。

我的母親有許多無力排解，也不願意面對的憂傷。外祖母在我出生後不久因為輕生而過世，這也一直成為我母親家族的某個不能說的禁忌，雖然後來我終於知道了原因何在。當一個家族有一個不能說的祕密，他們會因此避免碰觸那個共同傷痕，但是無法面對，總會造成各種扭曲。

遇到家族裡面有人輕生，大家避而不提，團結的把它變成一個祕密，是很多傳統家庭用來處理傷痛的方法。然而，祕密會像一個疔瘡，它藏在皮膚的深處，總有一日會從最脆弱的地方迸發。

任何婚姻問題都不是單方問題。這是我看到的，雖然，有人會以受害者自居，或者表面上看起來是無辜受害者。

我爸，對我而言肯定是個好爸爸；也許對我媽而言，一直不算是個理想丈夫。

他賺錢養家，也把家庭理財全交給我媽，但是他也的確和我祖父一樣，是半點家事都不幫的丈夫。典型的四體不勤、五穀不分，這當然也是祖母過度寵兒子，替爸爸什麼都做好的緣故。

這可能也是我媽對祖母打從心裡覺得不舒服的原因吧？我媽會指責我爸大男人主義，我爸也會用「妳可以跟媽學幾道像樣的菜」的話來激怒我媽，天真的挑起婆媳紛爭而不自知（之前説過，其實我祖母的菜煮得真的很沒滋味，孫子們也未必喜歡，但我爸愛吃）。然而，在我的角度來看，我爸爸根本不是大男人主義者……他是有「選擇性」的，我媽為他做什麼事，他都不知感激。但事實上，他從來沒有用傳統觀念壓抑過女兒。或許，在他的大男人主義中，女兒是被除外的角色。我曾經和他在台北同住一個屋簷下，有一回我幫他把他放在洗衣機裡的衣服洗了晾了，他對我感激得不得了，頻頻説：真不好意思。

顯然他不認為，我該幫他做什麼事。

第一個孩子是女兒，我爸爸很高興，不斷地幫我拍照，還把我從出生到幼稚園畢業的故事編輯成一本相簿。只有我有。

外表像個順民的爸爸，為了家其實也忍耐了很多事。

當然這些事，是他們看似幸福婚姻中未曾引爆的地雷，實在不關小孩的事。

＊＊＊

沒有小孩願意做大人們的法官。

在幼年時，我成為媽媽的情緒出口；而長大後，我又常被當成爸媽的法官。可能因為不想家醜外揚吧，她總忍不住向我投訴我祖母、我爸、我姑媽……但我害怕傾聽這些話，而她卻無休無止的吐露。她的目的應該是希望我同理她，想把我拉近，我卻不安地逃得更遠。

把責任交給別人，的確是人類讓自我感覺輕鬆的一種本能。小弟輕生之後，我媽也譴責過我，說小弟在念高中和大學的時候是和我一起住的，一定是受到我的壞影響，為什麼我沒有好好照顧他呢？我仍然還是一隻代罪羔羊。於是，又有好多年，我不敢回家。逃亡幾乎是反射動作……遇到人生挫折，立刻潛逃海外，感覺逍遙自在。我非常習慣一個人在陌生國度，只要可以刷卡，到處都是家，就算半句當地話不會講，也能混得如魚得水的自在。

那年祖母七十八歲。當時還很健康，她一定很盼望看到我吧？可是我不斷閃躲著「家」帶來的感覺，寧可在大過年時在海外閒蕩。

＊＊＊

啊，母親，我其實很愛妳。我無意控訴，可是童年渴望被擁抱和讚美的我被推開過一百次，於是我的愛轉變成被冷落的憤怒。

當我發現，我永遠不可能讓妳滿意，我就開始逃走。策劃各種方式逃離控制，逃離妳的失望，我用外出求學逃離，用出國旅行逃離，用談戀愛逃離，用結婚逃離，用工作和忙碌逃離。

我變得好會武裝，害怕展現無助，悲傷的情緒總被轉成憤怒，讓我自己看起來勇敢。壓抑的憤怒好像火山底下爆發的岩漿，直到我人生過了一半，我才明白它的主要成分。

＊＊＊

有很多很多年，我不敢跟我媽獨處。只要發現旁邊沒有其他人在，我就開始胸悶，像偵測到即將地震的蚯蚓一樣，都會極度不安，找機會脫身。甚至在我母親後來生病的時候，我去醫院看她，也會很害怕旁邊如果沒有人在，她會對我說出什麼話，讓彼此逐漸和睦的關係又破裂了。我的心還在逃，我極願意付鉅款雇請看護，只因為我不能夠安然在她身邊。還好大弟和弟媳婦的確積極付出，並充分了解我的心結。當時我也已經年過半百了，我竟還那麼害怕。有好幾回，我還拉著我婆婆一起去。

我甚至直截了當跟婆婆講出原因何在。她說她明白，她說她跟她的母親，也有著複雜的心情。或許我們並非少數。

＊＊＊

寫作，很適合不被理解的孩子。

在字裡行間，我看到了一個魔衣櫥，裡面別有天地，走進去。你會看到比現實世界有趣的人生。在那裡，你可以不是你，外面的聲音都被隔離。你可以自由扮演小說裡面你最喜歡的角色，那是一道哆啦A夢的任意門。

你可以選擇任何一個時空，跳進去。如果你想出來，也不需要經過任何人的同意。

你只需鍛鍊文筆，便獲得自由。

好故事可能有壞結局，壞故事可能有好結果。

＊＊＊

有許多年，我自覺委屈；像我這樣的女兒，其實不太需要上一代太多輔導，應該有很多媽媽喜歡啊。

一直到過了半百以後，我終於明白。

我媽並沒有對我那麼不滿意。

她不滿意的，是她的命運。而很久以前的那個小女孩，只是剛好站在一個看似美好家庭的裂隙之處，她身上的那些傷，並非針對她的罪行所進行的懲罰。寫作是裂開的壁縫中，掉進的一顆種籽，恰巧能夠扎根與萌芽，成長和開花……

我看著那個小女孩，終於能夠釋懷的微笑了。然後許願，做一個為自己完全負責的媽媽。

之七
瑣碎卻重大的生活

我們是否可以對自己坦誠：值得活的人生，
其實也就是那些意象豐富的細節所譜成？
甚至只是妳沒來由的想像力所培養？

人死了會去哪裡？永遠消失在宇宙中了嗎？是不是完全沒感覺了，就像沒來過？

這個概念第一次像雷擊般打中我的腦袋時，我大概只有七歲。爸爸帶我去看一部叫做《海神號》（*The Poseidon Adventure*）的電影。電影中有一個牧師，為了救大家，獨自去關掉某個會引燃氣爆的設備，寧可犧牲自己，為了拯救倖存者。

明明，都快要逃出去了……

這部電影給我太深的印象，讓我至今依然記得其中的情節。後來，這部電影還重拍過。不過，我壓根不想再溫習這個災難。

帶一個孩子去看這部電影，太沉重。影片有中文字幕。也許當年我未必看得懂所有的字，但災難片和鬼片都不用解釋，應該都看得懂。

死了會去哪裡？我把自己裹在棉被裡發抖。

然而，不多久我就發現，這是一個我不可能想透的問題。

我應該轉個方向想比較好：我為什麼要活著呢？

有什麼工作還是什麼使命要我做？

我同時著迷於科幻小說和歷史小說。當時的小孩應該會記得，班級都會訂閱一種報紙，叫做《國語日報》；另外也有一種受小孩歡迎的雜誌，叫做《王子》。

《王子》裡面有科幻小說。有一陣子，每一集都是災難假設。比如，如果空氣突然消失了怎麼辦？我常常太入戲，當它提到地球上的空氣消失了，那一段時間，我就覺得胸悶、無法呼吸。有一回，情節是全世界的文字都消失了，一切都變成了白紙，這也讓我信以為真，非常恐慌，很擔心所有的字只要一寫出來，就會被隱形的怪獸吃掉，而我將淪為文盲。還有個鬼故事也曾經扎實地嚇過我：兩個朋友為了要證明世界上有鬼魂，所以約好了，萬一誰先死掉了，要回來搔另一個人的腳底板，也使我好多個晚上嚇得要命。

大約在小學五年級以前，我的幻想常常入侵現實。我並沒有告訴大人，就算跟他們說，他們也不會了解吧？

每晚，我都跟祖母一起睡。第一次看到虎姑婆的故事，我也會幻想著，祖母會不會突然被虎姑婆的靈魂占據了，在半夜裡把我吃掉？每到晚上，我都會歇斯底里地檢查她有沒有長出一條尾巴？有一期《王子》的科幻故事講的是這世界存在誰也看不到的隱形人一族，大概足足一年，我只要一進浴室洗澡，就幻想有一個隱形人在看我，我必須在浴室裡到處搜尋他在不在，直到我確定沒有具體的隱形人在浴室裡，才能安心脫衣服。

回想這樣的成長經驗，分不清楚現實與虛幻，而且還默默承受著。照理說，我應該長成一個歇斯底里的女人，或是因情緒太多而得焦慮症。然而，長大後，我卻變成一個通俗萬分的作者，以及現實無比的商人，也真是自己意想不到的事。

生命充滿無限可能。

推算起來，我母親生我的時候實在很年輕。以我現在的年齡來看，生下我的她根本還算是個孩子，同時又是挑家計的職業婦女，在照顧幼兒上顯得很沒有耐心是理所當然的。有位阿姨曾跟我說，小時候我媽媽幫我洗頭，我的眼睛進了水，又哭又掙扎，我媽直接給我兩個耳光，把我的頭繼續強壓進水裡，她看得心驚肉跳。

可能因為十八歲就成為有威嚴的傳統小學老師，我母親的確有著「逆我者亡」的某種邏輯——只要事情沒有按照她的邏輯進行。對於我爸，她極少公開表示不同意見，她的暴怒只能發揮在孩子身上，尤其是身為長女的我。

某天半夜，她不知為什麼把熟睡的我搖起來，手裡拿著尿桶，要我上廁所。我從不曾尿過床，但是我媽卻堅持這麼做。小孩睡得熟熟的，為什麼一定要把人搖起來上廁所呢？何況，我們家其實是有廁所的。我迷迷糊糊的服從了，但是要回床上睡覺時，不小心踢倒了尿桶，於是就睡眼惺忪挨了一頓揍，只能當成做了一場噩夢，第二天鼻青臉腫去上學。

我媽對我的各種「刻意鍛鍊」，使我在家生活比在學校還緊張，我開始拔頭髮，懷疑自己頭髮的透明根部有著蟲卵……長大後讀到心理學相關書籍，才發現我曾經有「情緒障礙」，動物園裡焦慮的猴子也常有這種行為，牠們甚至會啃掉自己的手指。沒錯，我啃自己的指甲也有好幾年，怎麼樣也改不了，直到我媽媽真的在我手上塗辣椒。

在家總在擔心著什麼的我，從小非常喜歡上學，一點也不喜歡放假。

我曾經幻想我是個灰姑娘，我媽可能是後母來著。

我母親一直以「女孩子將來要嫁人，一定要會做家事，不然人家會說妳媽沒教好」為理由，訓練我做家事，事實上她自己的家事也做得不甚高明。

可能是為了反制祖母給我的溺愛吧？小學五年級左右，她叫我負責要洗家中一部分的衣服。當時可沒有洗衣機，要用洗衣板手洗！我心不甘情不願地洗著，心裡覺得不公平，因為我弟才小我一歲多，而媽媽什麼都沒叫他做。我祖母也並不當面唱反調，她所能做的事，就是在我母親看不見的時候，幫我把一堆衣服洗掉。祖母會低聲說，書讀得好就好，女人會做那麼多家事沒有用！

那要怎樣才有用？我曾經歪著頭問祖母。她說，要有「出脫」。

台語的「出脫」就是「出息」。有出息又是什麼意思呢？

她簡單的解釋：「妳要會自己賺錢。」

這實在不是什麼太大的期許。

或許因為她幾乎沒有做過正職工作，雖然物欲不多，但也不喜歡受制於人。她顯然明白，在家掌握經濟權的人，就是有決定權的人。

祖母可能不知道，這句話塑造了我的現實性格。像個指南針似的指出方向。即使我一直是個文青，但是我也有非常堅實的現實能力，做任何人生決策時，也會顧及能不能把自己養活。

我從來不是個只陶醉於風花雪月的少女，也從來不是個真正浪漫的作者。對於某些漂浮在白雲上的理想和空談還有孤芳自賞，我打從心裡不耐煩。寫書寫了許多年，我真正的文青朋友少得可憐。

＊＊＊

到了小學四年級因為洗衣服的緣故，雙手都變成了所謂的「富貴手」。所有的指紋都不見了，血跡斑斑，指節的地方全部都裂開了，很久都沒有好，連寫字時，作業本上還會有血漬與膿汁。其實長大後，我的手健壯得很，碰到洗潔劑也沒太脆弱。不知道是小時候的洗潔劑比較毒，還是我心裡的抗議展現在皮膚狀況上？因為得了富貴手之後，就不用做家事了。

十四歲的時候，我決定要離開家，或多或少是想要避免在家庭空間內持續發生卡關感。

以前我並不明白，原來我最想要的是選擇的自由。習於離開，得到自在，這使我並不害怕面對新事物，也並不害怕結束或離開。這也就是後來大家都能琅琅上口的「離開舒適圈」理論。離開舒適圈需要勇氣。但是對我而言，要一直待在同樣的圈子裡，才需要耐性。自此我的勇氣永遠是大於耐性的。

我的確捨不得離開祖母和有她照顧的生活，但是我非常明白：離開，才可以避免所有的不愉快。沒想到這一離開，讓後來回家反而像短暫的旅行。從我離開之後，除了寒暑假，後來待在家的時間掐指也數得出來，甚至連寒暑假，我都還想辦法待在台北。如果把我目前歷經的生命歲月畫成一個圓，在老家的時間已經不到四分之一，幾乎都是在沒有太清楚記憶的牙牙學語期。

離家也是好的，我想這就是為什麼，我並沒有繼續耽溺在分不清現實與幻想的狀況中。現實可是得掙扎的！離家的孩子必須自己打理生活，學會解決突發問題，並且靠自己的選擇存活，沒有資格當高塔內的公主。

很早就離家，使我在無邊無際的幻想中不時跌入現實，變成一個會面對人間煙火的人。

＊＊＊

體會到我母親的確非常愛我、關心我的時候，是我差點殘廢的那一年。小學四年級的時候，我家從市場邊搬到了新開拓區，我媽媽和她兩個姊姊各自組成的家庭，一起決定也在同一個地方買新房子。從這點來看，就知道我媽有著相當大的經濟決定權，而她的姊妹們也是。

老家離我的學校較近，有一個晚上，可能是因為爸媽都沒空，我媽媽叫我表哥騎腳踏車到老家來載我，回新家。

我那時已經很想睡了，坐在後座的我，左腳就被絞進腳踏車的輪子裡了。當時也不覺得痛，等我開始哀嚎，左腳後跟已經血肉模糊。

表哥大我三、四歲，可能也才國中一年級，他只能把我繼續送回新家。只記得我爸騎著偉士牌機車，我媽在後座抱著我，把我載到鎮上唯一的一間外科醫院進行手術。但可能因為消毒不夠周全，或是傷口沒護理好，有一年的時間，我的腳後跟一直都在潰爛中，兩三個月都沒辦法上學。後來就算能夠上學，也得有人揹著我進到教室裡頭。

我爸用機車載我上學，我媽揹著我進教室，直到我痊癒到能夠用健全的右腳自行跳躍為止。以我媽嬌小的個子而言，也實在夠辛苦了。我媽後來告訴我，我不算運氣太差，因為當時醫生告訴她，我的腳筋斷了，一輩子都必須要拿枴杖，她第一個想法是我會嫁不出去。

那一段時間其實我滿享受的，常常有蘋果吃，我媽也不再叫我做家事了，好像我是全家最值得厚待的那個人。我用右腳跳啊跳啊在校園中走動，感覺自己非常特別，有時候忘記自己受了傷，力量會用在左腳下，鮮血滲出了繃帶。現在想來也不是太大的傷，但是搞了好久好久。

大家都知道的塞翁失馬，就在我身上發生了。也因為這個小小悲劇，我的作家夢開始直至孵育。

沒法上課，待在家的那段時間，小學級任老師來看我，把整個學校的圖書館新進的故事書都搬到我家。我記得裡面有《獅子女巫魔衣櫥》，有《柳林中的風聲》，有《仲夏夜之夢》，有《約翰克里斯多夫》，甚至還有《包法利夫人》、《七俠五義》和《紅樓夢》。每隔一個星期，她就換一批新書給我。閱讀這些小說，成為一個在水上無聊漂浮著的孩子一根又一根的浮木……然後我開始買稿紙，認真寫了起來，企圖投稿。

很幸運的，我開始投稿的第一篇作品就被《國語日報》錄用了。

作品印成鉛字，真是讓人迷戀的感覺……我的第一篇被刊出的文章，叫做〈我最難忘的一件事〉，寫的就是腳後跟差點被絞斷的意外。文末我主題意識正確地感謝了我的母親、父親，還有老師對我的付出，稿子很快的刊出來，被校長在朝會上熱烈表揚。我那時真希望明天的報紙不要出來，永遠停在有我的文章這一篇，那該有多好？

後來因為沒有什麼太特殊的人生經歷，想寫就寫，也沒有章法，全然就是想要碰運氣般寫著，希望被錄用，也就一直被退稿了。當時《國語日報》每天的頭條就是一篇小說，大概都是由大人寫的吧？我覺得好像也不太難，模仿著寫了很多篇故事，也從來沒有被採用過。

當所有的孩子在巷口玩耍，而寫作就是我最熱中的玩樂。像現在的孩子沉迷於打電動玩具一般，我就是寫著。

＊　＊　＊

如果沒有那一次的交通意外事件與不良於行，我應該就不會走在寫作這條路上……那麼我會在哪一條路上呢？

沒發生的事情很難想像。不過這件事讓我明白了，很多倒楣事的發生，長期來說是有意義的。不要怨天尤人，不要指天罵地，不要急著絕望。

這或許也是後來我一直只能做一個雞湯作者的原因。

為何要書寫絕望？如果人生那麼不值得活，那幹嘛還要寫？

那些煩惱和痛苦，或許就是為了讓我寫出比較不一樣的東西吧？

在我年輕時的那個時代，投稿難，出書更難。當時好多成名作家，爸爸媽媽本來就是作家，不然就是天賦異稟。某一次聚會，我聽到某一位才子作家笑嘻嘻地說他從來沒有被退稿過，真是讓人羨慕。

與其說是羨慕他的才華，不如說我真的覺得不可思議。

回頭看看自己早期的書，也難免臉紅，連出成書的也沒有寫得多好，被退稿的也似乎是理所當然了。退稿這件事磨練的不是我的文筆，而是我對失敗的耐受度吧。失敗就像那些靜悄悄被退貨的稿子，沒什麼大不了的。

此後遇到人生挫折，不曾真的一蹶不振，我總會拍拍屁股站起來，不為難自己太久。我從來沒想過是自己文筆不好，也沒認為是別人沒有眼光，這樣的一路走到黑，或許反而證明了——寫作這件事是真愛。

直到我念北一女的時候，不管功課有多繁重、考試多如牛毛，甚至是擠在八到十六個人集體生活的宿舍中，我的樂趣還是寫啊寫，被退稿的次數還是很多，偶爾會被某一些小報使用。退稿很令人尷尬，總是厚厚的一大包。當時有個同寢室的同學很愛故意開玩笑，會說：哇，是某某報寄來的吔，好大包！這是稿費嗎？要記得請我們吃飯喔！這種事情的發生不止一次，老實說，我真希望能把她的舌頭打個結。

我當時其實很希望：報社的編輯把稿件丟到垃圾桶裡就算了，幹嘛退回來讓我被人嘲笑？大家都瘋狂的在讀書啊，為了考上很好的大學，而我偏就那麼愛寫。

我不是個苦讀派，但因為某種擅長考試的能力，我的成績不太差。小考未必好，大考一定佳。一年級不好，三年級一定名列前茅。

其實我非常喜歡寫考卷，和別人怕考試的心態不一樣。

後來沒書讀的時候，我沒事就找證照來考。舉凡咖啡、各種酒、潛水、帆船、珠寶……各種執照，我沒事就去考。

「考不上怎麼辦？」有人會如此擔心。

「考不上，那也很好，落榜代表我試過，也是人生難得的經驗吧。」我總是嘻皮笑臉說。一個有一百次被退稿經驗的人，怎麼會害怕不及格呢？

很會考試這件事，寫作能力或許也幫了大忙。語言邏輯的把握，是必須的。後來做電商生意，因為覺得改同事稿件還比寫稿還難，我多半也自己寫文案。

文案這事很奇妙，只要我覺得「中了」，百分之九十九，商品的銷售都合乎預期。中了的感覺，就是先把自己打中吧。只寫些制式化的解說文案，或者只寫大家都知道的事、傳單裡千篇一律的無聊語言，消費者是很難有衝動的。

* * *

現在說起來雲淡風輕，但是當我還是個小女孩，剛剛離開祖母，要到台北讀書的時候，回想起來也像孟姜女到萬里長城尋夫般，肝腸寸斷。

現在台北到宜蘭，車開得快一點，不到一小時，基本上一個大城市從南到北，恐怕還不只那點時間。那年離開宜蘭，最快的火車也要兩個半小時以上，外流人口多，根本買不到票。人要脫離自己的習慣是很難的，不管我有多麼高興能夠到新天新地，而且這也是我的選擇。高一，每次要離開宜蘭回到台北時，只要火車駛過山洞，我都會利用那短暫的一片漆黑，趕快把淚水哭完。回復光明的那一刻，努力吸住鼻子，巧妙遮住自己紅腫的雙眼，不要讓附近的人發現：這孩子到底發生了什麼事？

然而，孩子的適應力超強。事實上到了第二年，我就樂不思蜀了。

當年在台北，除了不能騎自行車之外，生活比鄉下豐富多了。到了高中二年級，我就已經和城市的同學們打成一片，裝得世故而成熟，討論存在主義、尼采等其實我也讀不懂的東西。

將來，我的孩子若長大了，我也會提醒自己，再不捨，也得讓孩子離家學習。一直住在家裡是不會長大的，孩子的成熟肯定受到家庭成員的種種牽絆。

當他獨立生活，他的翅膀才能羽翼漸豐。而當熟練之後開始飛翔，他會把過去的巢穴遺忘，不是無情無義，而是一種進化或演化的必然。

念高中的時候，我跟祖母的城鄉衝突慢慢地出現了。我會把牛仔褲剪成破洞，但是祖母認為只有太妹才這麼做，拒絕跟我一起出門，除非我把那條礙眼的褲子換掉。我很少看她這麼生氣過，雖然不以為然，也只能從善如流。

祖母是日據時代的女人，她在意的某些小事，我覺得莫名其妙。

不同時代的人，再親密，也都還隔著迢遙的時光。

時代是一個方盒子，外面有透明的厚厚的玻璃。儘管我們的手能夠互相傳遞著溫度，但是總有某些不能夠感動和觸及的東西，被冷冷地遠擱在彼此的盒子裡。

而她總是歡迎我回家的。在祖母腦袋和手腳還很靈活的那些年，只要我回家，她還是會到菜市場裡面去買一隻白斬雞，把漂漂亮亮的雞腿剁出來，擱在我面前的碗裡。那是我們之間愛的暗號。

用盡所有形容詞，也寫不出那隻雞腿美好的味道。

我到底寫了雞腿多少次了？

之八

生活值得排遣，還是命運值得反抗？

這也是妳告訴我的：

「反抗與面對，都需要堅定的嘴角和平靜的眼神。」

我們到底要不要服從所謂的命運？我這一代，已經沒有那麼多框架牢籠。我的答案清清楚楚，不應該。

命運不是給你用來當藉口的。

雖然人定，也未必能勝天。

說得更仔細一點，如果那個命運來自於天，天災，大時代，運氣不佳，根本無法改變，就當自己抽了一支壞籤。但是如果那個命運，你真不喜歡，又沒千斤重，那麼就反抗吧。

就算是千斤重，也可以想辦法找個槓桿挪開，或想辦法讓自己不被壓傷。你並非毫無能力。

抱怨命運是沒有用的。

祖母到底是不是個順從命運的人呢？

就跟祖母那個年代的所有堅強女人一樣，她們順從大時代的傳統，但也會做一些小小的反抗。她們對生命的真正堅持，就出現在那些反抗上。

她自己的命就算了，可是下一代必須有所不同。

這個堅持，仍然在改變著家族命運。

就好像祖母雖然書念得不多，但是很堅持我的父親應該要上大學。她非常努力接下一件又一件的衣服，日以繼夜努力縫紉，為了要補足兒子上大學的費用。不過，她也一輩子尊崇傳統，就算她和我祖父兩個人從很年輕的時候就相敬如賓，但她一輩子也沒有想過要走出婚姻、走出家族。

在苦悶的日常生活中尋找小樂趣，仍然足以使她變成一個樂觀的人。

我一直記得一間佛寺。

我記得我常跟她去附近的一座寺廟，或許那就是她的桃花源。只要有點錢，她就去添油香。我二十歲後，只要回家都會包紅包給她，她則會回贈給我一張某佛寺或廟宇的收據。

她最常去的廟在宜蘭龍潭湖旁邊，那算是一個很大的湖，小時候我覺得它好遠，其實從市區騎車過去，也要不了八公里。十歲之前，人力三輪車還沒有被當成落後指標被禁止，我們通常搭了三輪車到山下，穿過一段黃泥山路，有些地方還要攀爬，我曾經在邊爬邊喘氣的時候，看見一隻穿山甲悠哉地從我眼前走過去。不遠處都是亂葬崗，我們家的祖墳也在那裡……後來讀了《西遊記》之後，常會幻想山上的某一顆石頭裡，藏著一個即將蹦出的孫悟空。

那座寺廟的住持是個比祖母大幾歲的尼姑，跟祖母是好朋友。祖母和她聊天時，我就在佛寺附近玩。女住持講話很溫柔，長得秀氣，對我也很客氣。祖母和住持講話，總是聊得很久。後院還有一個果園。某一次颱風過後，我跟祖母到了寺廟裡，祖母跟住持聊天，我一個人在果園裡撿拾所有被颱風打下來的不成熟的柚子。還拿那些柚子排了一幅畫，玩得不亦樂乎，非常的專心。

那座廟到底是不是真的？我曾經以為那是我的幻想。因為過了很多年之後，我曾經專程開車到龍潭湖，去找那一座廟，但沒找到。

而龍潭湖已經變成了觀光區，遊覽車帶來許多遊客。不過，可能因為亂葬崗太醒目，商業設施又不很發達，遊客們都待不久。

過去種種，只是我腦袋裡的幻想？還是被金角大王或銀角大王隨手一揮，把所有的昔日影像全部收進了葫蘆裡……？

有趣的是，親身去找找不著，後來用Google竟然找到了。廟是在的，當年住持已圓寂多年，祖母的朋友應該是廟史中的妙月法師。

不時會拜訪那座寺廟。在祖母認命的一生中，那裡可能就是她的小小出口，讓她沒有被生活牢牢卡死。

我顯然也是她的小出口。我出生之後，她把責任感轉移到照顧我和弟弟身上。從每一個撫觸，都能明白她的細心與愛心。

* * *

而她也是細心的。

念大學時，我曾經想要訪問祖母，把她經歷過的大事件和家族淵源做個紀錄。私底下也希望能夠發現我不平凡的血統或身世，比如祖先是流落民間的荷蘭公主這類想太多的傳奇故事……結果發生了兩個烏龍事件。

祖父去世之後，祖母還是一直參加著吳氏宗親會的聚會，把這事當成己身的責任之一。不過，我一直不清楚她去參加這個聚會，到底是去做什麼？吃飯？看朋友？拿紀念品？我沒機會跟她去過。

某次我學到吳沙這位開拓噶瑪蘭平原的人，我問祖母：「這個人也姓吳，是我的祖先嗎？是直系？還是旁系？」我們家老早就沒有族譜這個東西，我只能看見祖墳上刻著八世祖、九世祖的名字……八世以前呢？完全如風中飛絮。可能是因為戰亂，也可能因為歷代祖先不識字。

祖母告訴我：「沒聽過，應該不是。」但她去參加吳氏宗親會（我小時候一直以為它叫「無事宗親會」）回來，很高興的跟我說，妳上次問我的那個人啊，還真是我們祖先呢！

我們家的祖墳上有名字的第一位祖先，叫做吳平。之後也大多是單名，而女人只有姓，沒有名字。大概就是吳沙的族人，就如《台灣通史》寫的，他可能跟吳沙參加過好幾次的戰役。墾荒的人，不是巧取，就是強奪，吳沙擅醫術，有野心，有謀略，在墾荒史上是知名人物。

還有一次祖母跟我說：妳知道嗎？我們家祖先以前也是種田的，三七五減租之後，田地都被分了，妳阿公也搬到市中心來了。不過應該還有兩塊地在五結那裡，租給人家種稻米。

祖母騎著腳踏車帶我去找，我們大概騎了兩個小時，辛苦的在一些長得一模一樣的田地裡面繞來繞去……祖母不斷喃喃自語：奇怪呀？這裡應該有電線桿，那裡應該有鐵皮屋……但在鄉下電線桿和鐵皮屋到處都是。結果什麼都沒有找到，真不知道在哪裡，只能當成一次愉快的鄉野芬多精之旅。

祖母過世之後，關於祖父的那一塊祖產和記憶，就直接消失在歷史洪荒裡。或許只是她的幻想之一。

＊＊＊

就因為祖母的寵愛，我也曾恃寵而驕。念初中的時候，學校離我家大概是騎單車五分鐘的路程，挑嘴的我某次嫌便當蒸過之後很難吃，有種怪味道，祖母知道之後，就每天中午幫我送飯。

有一次她幫我準備了水餃，忘了給我醬油。那天中午我賭氣只吃了兩顆水餃，故意把其他八顆原封不動帶回去，剩下的水餃在大熱天裡都悶壞了，不能吃了。節儉的祖母一定很心疼，但她只是淡淡的說：哎呀，我糊塗了，竟然忘了放醬油。

她沒有責備我，但是那八顆餿掉的水餃，卻像犯罪證物一樣，一直留在我的腦海裡，上面寫著「大逆不道，暴殄天物」八個大字。那個中午邊吃水餃邊生氣，故意不吃完，是我很難忘的惡行。

其實那是我最喜歡的食物，而且是祖母親手包的。

罪惡感深到後來每次吃水餃，我都會想起這件事。

只要我想起祖母，就會想起我曾經如此對不起她。不管大太陽還是下雨，每天中午都讓她來幫我送飯，而我還賭氣……

那八顆水餃教會我：凡事還是不要賭氣的好，亂賭氣會換來自責。祖母的簡單推理應該是這樣：她覺得女人很命苦，所以對我特別好；她當媳婦時，吃盡婆婆的苦頭，所以她打算當一個好婆婆，家裡有什麼活，她總是接過去做。

然而，這個世界並不是忍耐就會變好的。她跟我的母親關係很微妙，從不表面衝突，但是也從不真的互相喜歡。我碰巧夾在中間，成為她們之間唯一的女人。

我媽常找我麻煩，把重男輕女的教條掛在嘴邊，比如：「成績好不重要，家事做得好才重要！」偶爾給祖母的小跟班顏色看，想來也是一種賭氣行為。

差不多在念初中之後，我就變得伶牙俐齒，非常懂得頂嘴。

我母親的重男輕女，現在想來也並不那麼真實而具體，只是對自己被壓抑命運的感慨，或只是拿來對付我倔強脾氣的一條教鞭。然而這一條教鞭實在沒有什麼功力，後來鞭長莫及。

我大弟曾經開玩笑地說：「媽媽的確重男輕女，不過，我也沒有真的過得很快樂啊。」

步入家庭時她實在年輕。我念大學的時候，我媽剛滿四十歲，在當小學老師。當時的教育面臨改革期，學校逐漸禁止體罰，要求所有老師們都去補修教育學分。

某一天，我媽去參加某個訓練營回來，我剛好在，她用一種愉悅的口氣跟我聊天：「哎呀，今天有個博士說，不管怎樣，我們都要鼓勵孩子，要讚美孩子，難道我們以前說的『不打不成器，打他是為了讓孩子走正路』，這些都是錯的嗎？」

我暗地裡伸伸舌頭。原來我的「不討好」童年可以這樣一言以蔽之，是教育策略的問題？

＊＊＊

當年的小學老師從來不必在意學生的感受。我媽會一直重複某件事，然後就會演變成我翻臉。

有一回吃飯，她忽然說：

「妳是念法律的，以後不可以回來跟弟弟搶財產。」我那時候應該是領了家教費用，我媽來到台北，我很高興地請她吃孫東寶牛排。當我正在咀嚼肥美多汁的牛肉時，她忽然冒出這句話。

我的臉上寫著驚訝與疑惑，「我有說：我要分家產嗎？」我實在搞不清楚她為何會迸出這個話題。

也許是她剛看完某一齣連續劇，劇裡的女兒回家搶家產？

我問她：「請問妳這個想法是從哪裡來？剛剛我有說些什麼嗎？」

因為我總沒正面回答：「是的，媽媽！」在離開牛排館的路上，我媽媽又連續講了兩次。第三次我像吃了火藥似的翻臉了，在大街上咆哮賭咒：「我跟妳說我不會就不會！我如果回去分家產，就不得好死！」於是我負氣揚長而去。

大概是從那一次開始，幾十年來我們兩人就沒有單獨吃飯過，迴避跟她的單獨相處，因為我害怕著不知從何處飛過來的刀槍。

我媽一直說，女人不要念太多書。我考上碩士時，我媽拉下臉來叫我別念，很認真的託親友為我相親，跟我說：「妳嫁到國外去，就可以不用花錢就到國外讀書！」

大四畢業的那個暑假，我一回宜蘭就被接到餐廳去和一個從美國回家省親並準備娶親的準博士相親。我媽比任何人都著急，一直打電話，叫我一定要理人家，一定要答應，人家能夠看上我，已經是我的榮幸。後面這句話，使我當時怒火中燒。

她還因此寫過一封親筆信勸我，以前也有有錢人家追她的，結果她嫁給了最窮的——我爸。人家後來發展得很好，千金難買早知道，現在好不容易遇到條件這麼好的人家，她年輕時一定會考慮的。

她一再為勸說此事打電話來時，我開始口不擇言，對她說：「妳要嫁，可以自己去嫁呀？如果妳真的想讓我到國外讀書，那麼，妳給我學費，我一定念得比那個人強！」

這件事使我和她的距離拉得更遠了。當然她也未曾對我所選擇的對象滿意過，只是勉強接受。

話說我念的是土碩士，其實日子也過得不錯。那一年的臺大碩士都是公費，而且前幾名每個月都有六千元獎學金。當年的上班族能拿個一萬多也不錯了。

其實我在經濟上還挺寬裕，一修完學分，我就去找了全職工作。早上八點到下午五點在學校，晚上五點到十二點在報社。聽起來有點操勞，但因為年輕，也都是我喜歡做的事，也不覺得有什麼辛苦。

我媽媽在學費方面，的確執行了她的重男輕女思想。她很努力栽培我弟出國留學，他到澳洲去讀了六年，拿了碩士。後來在我媽的建議下，又舉家遷往加拿大取得居留證。其實，我弟弟也沒有真的很想出國，他只是比我聽話。我媽覺得兒子出國很神氣。

我弟後來離開了好山好水好無聊的加拿大，回到台灣工作，在某家相當有名的遊戲軟體公司任職。雖然他職位很不錯，卻老是說上司都比他年輕，都是因為他坐移民監耽擱了，早點回來投效該多好？

我還真沒有嫉妒過我弟，身上揹著我媽那麼大的資源投入，他心裡的壓力一直很大。

我已經過了四十歲之後的某個晚上，我媽又天外飛來一筆的打電話給我：「我知道我都沒有栽培到妳，妳心裡一定不舒服。我跟妳爸爸說了，他同意給妳二百萬元，那是妳的份。」

會提到我爸，而不說是她的主意，是她向來的習慣。我爸是理財白痴，根本不知道自己有多少財產。

我冰冷的說：「妳留著用吧，我現在不缺錢。」

她一晌沒說話。

我又故意補了一句：「家裡的錢，我一毛都不要，如果沒有別的話要說，以後就不要再提這件事了。」

其實我非常記得，我自己說過「不得好死」這種誓言。

禍福必然相倚。

只能靠自己這件事，也有正面意義。

出社會剛到報社任職的時候，只要有稿子可以寫，不管稿費多微薄，不管是有關社會、法律、歷史，還是吃喝玩樂，只要可以寫出字來的，我都可以寫……我還替廣告部的業務寫過各種廣編稿。

基本上我毫不認為母親是小氣的人，她只是希望用經濟的力量來約束一下倔強的女兒，沒想到我軟硬不吃，從不低頭。

她對自己親人相當大方。

我爸在台北買的唯一房子曾被某位長輩設立抵押。有一天我在某個百貨公司的地下美食街巧遇這位長輩夫妻，親人好久不見，我很客氣地跟他們打招呼。彼時，我是一個剛進報社的編輯，剛有了名片的我興奮地把名片遞給了這位親戚和他太太。

不料，幾天後我在報社收到他的一封信，信中要我每個月給他十萬元，聲稱我們家位於台北的房子被抵押了，都是他在還貸款的，現在他還不起，快被法院拍賣了……如今該是我負起責任的時候了！

他還附上抵押權狀的影本，證明這是真的。

如果沒記錯，我那年每個月薪水三萬元。「呵呵，你是想要逼良為娼嗎？十萬……」

我問我媽這是怎麼回事？

她看了也生氣了。「他怎麼敢跟妳要錢？那個貸款本來也都是我在還的！」

我終於明白了整件事的來龍去脈，原來十年前他以生意失敗為由跟我媽借了我家房子去貸款。結果錢沒了，貸款讓我媽還。

那位親戚恐怕把我想成「小白」，我到底是個法律系的畢業生啊。我打電話去銀行問：我家房子還欠多少錢？其實本利還剩不到十萬元。當年的老公寓頂多百來萬，抵押不了什麼巨款，而且多年來我媽已經把利息跟本金還得差不多了。

我立刻把那十萬元貸款還掉。

想來我媽的個性是寬宏大量的。此後，她還是一直對這個人挺好的，還常常一起出遊。

我骨頭太硬，老愛講道理，論邏輯她不想聽這個。只要低聲下氣，她也是會熱血幫忙的，可惜，我一直沒符合要求，就算懂得這層道理。

＊＊＊

我也有像我媽的地方，如果那是DNA的話。

她常在負面情緒裡轉圈圈，重複又重複……年輕時，我也常陷在這種漩渦中，一進入低潮，無力浮出。

我一直在學習自救的方法。

年紀愈大，碰到心事愈多，漸漸練就一種「拉拔自己」的方法。現在，當我被負面情緒環繞，我會問自己：「這是我可以解決的，還是不能解決的？」

若是前者，那麼，先深呼吸，條列一下最佳解決方法。若是不能解決，那就個人造業個人擔吧。若是過去的事，就當做沉沒成本，最好遺忘。

憤怒與沮喪，其實都是一時的主觀產物。

我內心深處會有一個聲音說：「請先不要這麼憤怒。因為一天之後，可能就會感覺不一樣，這件事並不像妳想得這麼糟糕。」

不幫負面情緒挖坑，自己往死裡跳，是最簡單的做法。

抒發情緒的最好方法，是接受它，別爆發它，但也別偽裝它。

對自己的感受誠實一點，大家或許會好過些。承認不合、接受不合，不要企圖改變彼此，或許更能和睦相處。

我的祖母也想要做一個好婆婆，我媽也未嘗不想做一個好媳婦，但是兩人個性的確不合。所謂傳統家庭，必須依存在同一個屋簷下，日日相見，確實辛苦。我的母親也許也想和善待我，我也很想當一個貼心的女兒，雖然我也承繼著類似的DNA，但是不同的成長經歷，也使我們的個性真的不合。

家人們能夠坦承「不合」，不合才能互補吧。才能真心的以愛相待。

若要我們硬湊合在一個屋簷下，企圖改變對方個性，一直期待著有一天能水乳交融，那才是扭曲人性。

我也感謝我媽曾經放開了手，讓我在十四歲就離開家。她對我所做的種種當年我不服氣的事，回想起來，都像是一種「風雨生信心」的培訓課程。

如果家庭非常幸福、安穩、和諧，孩子應該會捨不得離開。捨不得離開通常就不會長大吧？

每個人的成長，拿的都是一張單程車票，沒有「如果……」，只有「就是這樣」。回過頭看，一切都有道理，一切似乎都是必經之路。

之九
錢幣總有兩面

長壽是祝福嗎？
呃，是的，如果妳還能自主，
還能擁有自由。

沒錯，人生是一枚錢幣，不管發生任何事，錢幣都有兩面。迥然不一樣。

我出生的時候，祖母才四十八歲，肯定不算老。可是當我是個幼兒的時候，我認為祖母其實算是很老了。剛出生的小動物對「老」這個字是很敏感的，他們完全認得出誰是哥哥姊姊，誰是上一代，誰是上上一代，除非說謊可以得到糖果。

祖母是我生活的主要照顧者和依靠，當我知道人總有一天會老死，就很擔心她會離開我。

我從小就會想：祖母很老了，萬一她過世了，我該怎麼辦呢？誰來照顧我呢？所以我每一天睡前都會自主的祈禱：希望老天爺讓我的祖母活下去，我不惜把我一半的歲數分給她。

這個祈禱持續了很多年。

無論如何，這個願望是應驗了，祖母走的時候，我的孩子滿五歲了。

祖母真的陪我好久好久，雖然我後來很少回家。可是我明白，有她跟我在這世界上一起呼吸，是多麼重要的事。

長壽當然也要靠運氣。她吃得很清淡。我之前說過，我們家的菜絕對不好吃，許多食物都用滾水氽燙沾醬油就算了，但這應該也是長壽的理由。她去世那年九十八歲，是我們家族裡最長壽的人。

她是一個勇於學習的人，能聽些國語，是自學的；能看懂中文字，自學的；五十歲才學會騎腳踏車，一直到八十五歲還騎腳踏車到公園去參加早操會、唱卡拉OK。雖然五音真的沒有很全，但是一接到麥克風就能自信唱歌，還會參加比賽，也會跟團到日本玩。

不過，自從八十五歲後的某一天她騎腳踏車昏倒之後，狀況就急轉直下。漸漸地，她開始遺忘許多事情；漸漸地，她沒辦法出門了；漸漸地，連坐都坐不穩了；漸漸地，連躺著都不舒服了。

這讓我悟到了一個道理：人生的循環，生老病死，只有在生和老病死之間，距離稍長些，其他都是很急促的演化。老和病、死兩個字緊密的結合著。

人是這樣的，當你不能跑之後，漸漸地，你就不能走。當你不能走之後，很快就變成不能坐，再來不能躺，之後連躺都不安穩，直到有一天，離苦得樂。

從來沒喜歡過體育課的我，步入中年之後，才熱中於跑馬拉松，七、八年來也跑完世界六大馬了。雖然緩慢。每一次在跑步的時候，只要感覺氧氣從鼻腔湧進來，我身上的細胞就彷彿會一起震動，我的心總是被一種淡淡的興奮所籠罩。活著，而且健康自在活著，這種感覺多麼令人感動。

如果是我祈禱應驗的話，還真的害了祖母。到了九十多歲，她的身體檢查報告都很正常，沒有什麼致命的狀況，然而退化一天比一天嚴重，除了身體的氣力，還奪走了記憶的能力。八十五歲之後的日子，她好像一個飽滿的氣球，明明沒有任何漏洞，卻一天一天消了氣，清明的知覺一日一日被某種看不見的東西吸光。

她慢慢的「正在」離去。

還好我們請到的外籍看護都十分優秀。有一位越南來的少婦，名叫阿蘭，照顧了我的祖母近十年，祖母從她初來時三十七公斤的瘦弱不堪，被她養到了一直維持在四十七公斤左右。

越南女人拚經濟的精神，讓我感到由衷敬佩。阿蘭早有三個孩子，她把孩子交給自己的母親照顧，長期到台灣來打工，也學會了一口中文。她所有的努力，就是想要讓孩子們豐衣足食的長大。八年後，她不能不回家了，聽說家裡已經蓋起了房子，也買了農田跟魚塭，在當地過著不錯的生活。世界經濟的風水是輪流轉的，越南這個國家的經濟也已進入起飛期，有許多賺到了一桶金的人，靠著努力乘風破浪，變成了富翁，希望阿蘭也一樣。

不管照顧得多好，老化仍在繼續，只能臥倒在床的祖母一年比一年，身體愈來愈蜷縮，不斷地在呻吟，讓我想起馬奎斯《百年孤寂》裡面的老祖母。

那一部近似魔幻寫實的小說中，堅強面臨各式各樣的戰亂和家族悲劇、始終存在的堅強老祖母，彷彿被死神遺忘似的慢慢地老去，身形愈縮愈小，成為一個活的木乃伊，縮小成了一顆核桃，仍然奇幻地活著。

每個人都渴望長壽，但沒有人喜歡變老。

錢幣總有兩面，長壽的背後也許是一種長期的禁錮。有一段時間祖母是快樂的。那應該是失智症初期，她躺在床上時而昏睡時而清醒，夢中忽然會唱起她小學生時代的日本民謠，臉上有一種兒童般的天真與愉悅。

爸爸陪著祖母的時候，也會變得活潑起來，隨著她唱歌，手舞足蹈。

她必定是沉浸在某一段往日時光之中吧？然而，隨著臥床的時間愈來愈久，她的歌聲慢慢地轉為間歇式呻吟，沒有人能夠問出她哪裡不舒服。去醫院檢查，一切無恙，可是她的背卻像蝦子一樣愈來愈蜷曲。

某一天我心跳得很快，於是趕快搭車回到了宜蘭老家，看到祖母的嘴巴上貼著一塊沙隆巴斯。當年阿蘭回越南了，我問新的看護，這是怎麼了？新來的外籍看護說：她的下巴腫了起來。

我撕下了那塊白色的貼布，發現她的下巴腫得老大，判斷是由於牙周病所導致的蜂窩性組織炎。

蜂窩性組織炎是會送命的，我趕緊把她送醫。我爸是完全不擅長照顧人的，我板著臉說了他一頓：這麼嚴重只貼了一塊狗皮膏藥就算了？那是會死人的！

我爸爸愣愣地看著我，說：噢，我以為她是牙齒痛……

還有一次，祖母的手長滿了水泡，都流膿了，而我爸媽竟然沒太在意。我問醫生朋友，醫生說應該是缺乏了某種維他命B。我回到家，用針把她的水泡都刺破，擦上藥膏……能為她做點事，對我來說意義重大。

雖然我不能一直在她身旁守著，總是因為她狀況不好了，才急奔回家。我爸媽都不會照顧人。幸虧幾位外籍看護都克盡厥職。她們同時要照顧祖母，同時也打理了家務，真不簡單。

是我希望祖母長壽的祈禱靈驗了嗎？那也未免把她害得太辛苦了吧。祖母的生命功能就這樣一點一滴地消失，除了老，沒有任何醫療上可以命名的病痛，無疾而終。

她離開的時候，還發生了波折。她的生命跡象愈來愈薄弱，從睡姿上可以看出她極不舒服。醫生決定幫她打止痛用藥，也要我們做好準備。於是我和弟弟讓她移到安寧病房，因為安寧病房不容易等到，所以一時未通知諸親友。

後來竟發生了一些爭執。有長輩覺得送安寧病房是讓她去等死，就在病房裡大鬧，堅持讓她離開安寧病房，搬去一個沒有什麼醫療設備的養老院。我父親一向不是硬漢，他選擇息事寧人，同意了。

然而，遷出安寧病房的第二天晚上，祖母就過世了。

對於沒能讓祖母過世前舒服點，實在讓我很愧疚。我竟然連她的最後一天都無法讓她舒服的過。

所有臨終的家庭劇，通常都是這樣的：家族之中，那些沒有辦法真正承歡膝下、親奉羹湯的，有些會不自覺地以叫嚷來取代自責，用激烈的意見來狂刷存在感。「天外孝子」在乎的是自己有沒有受到尊重，並沒有顧及正在離去的當事人到底好不好受。

我從此沒有跟那位長輩有任何聯繫，雖然能夠理解他當時的心情，卻也沒辦法太輕易原諒他竟然只顧慮到自己的情緒。

祖母的子女不多，糾紛不是沒有。至於財產的分配問題，沒有。

祖母一輩子非常節省，但多年來我給她的零用錢，她全都捐給廟宇添油香。她也曾經在我結婚生孩子的時候，送我黃金打的金牌。我對黃金一向沒有興趣，不過對祖母來說，那真是當年充滿戰亂的世界上最保值的東西。

她是我的儲蓄啟蒙老師。我小學的時候，媽媽每天會給我一塊錢零用錢，她都叫我別花掉，存在農會裡面。在我念大學時，有一天她偷偷告訴我，她把我和她一起存下的錢拿去買了五兩黃金，然後埋在我家花園的某個地方，聽起來真像阿里巴巴和四十大盜的故事。我結婚後，不知她把這些黃金從哪裡挖了出來，還給了我。我還記得其中有一兩，跟另外一整條黃金是分開的。我知道老人家都喜歡黃金，因此把它送給我先生的外祖母。

老太太當年也九十歲了，頭腦非常精明。我婆婆是這樣說她媽媽的：就算在過世的前一天，她也會把存款簿裡的最後一個數字記得一清二楚！

這位外祖母生前，我們的見面機會不多，不過聽說她只要提起我，都讚譽有加，想來應該跟對黃金的印象有關係吧……

對老一輩而言，黃金絕對比等值的現金，在心裡有更沉甸的份量，因為他們經歷過戰亂。

＊＊＊

我的祖母，吳林敏睿，她本來叫做阿睿，聽說是因為我祖父覺得那個「阿」很像鄉下人，於是把中間的字改成「敏」。

她的確是我成長期間最重要的人。

雖然，她沒有刻意教我什麼，沒有管過我的功課，沒有講過什麼大道理，更沒有建議過我的未來；只是一心一意想餵飽我，只要我好好活著，她就滿意了。

她沒看過我任何一篇文章，每天會準時打開電視收看我的節目，只為了感覺我在身旁，也許也沒真的喜歡過……她從來沒對我的職業和選擇發表過任何評論，但我很確定：她愛我。

說愛，總是太遲。

祖母已經過世十年了。她離去的那一天，我默默對她說，能夠舒舒服服安睡是好的，她早已盡了一生任務。

她這一生幸福嗎？

這很難回答。有婚姻，可能無愛；有孩子，未必知心；有完整家庭，也未必和睦。沒有遠大夢想，不渴望生命巔峰時刻，沒有發光發熱過。

然而，不管如何，她總是盡著自己的任務，好好活著，照顧著身邊的人。不圓滿，是人生；有缺憾，也是人生。人生未必要有波瀾壯闊的想像，但一日一日就算平淡無奇，我們都在承先啟後，妳沒說的，我後來都懂了，都領受得平平實實。

之十 非常想妳

每個人心中總有一個人，不管她在不在妳身邊，妳還是在意著她的微笑。

很多人都有跟我一樣的祖母。

她那一雙手啊，曾經在你牙牙學語、傻傻學步的時候，牽扶過你；曾經因為你的微笑而打從心裡快樂；曾經揹著你上市場，曾經為你花心思做過飯……她在衰老，而我們正在成長。

我們最大的交集只有幼年，人生竟沒有足夠的時間可以和她長相左右，親奉羹湯。像兩個星球一樣，曾經靠得很近，然而始終不在同一條直線上，彼此充滿愛，但未必有話可講，我們目送著彼此的遠去。

有史以來，人類應該有無數多個如此的祖母。

祖母對我們沒有太多的期許，所以也不會有太多的衝突。交談起來總不熱絡，話題也不太可能投機，可是每個日子的陪伴，在我們心底的那座秤上，占著好大的重量。

＊＊＊

祖母，妳有沒有要告訴我什麼？

妳的確沒有明白告訴我什麼，但是又好像總在我身邊期待著我什麼。

妳希望自己所愛的人，有一天能夠過著比自己更好的生活。雖然所謂的未來，不是妳所能想像。

我是如此無言地被期待著。妳從無野心，就是想要好好的活著，妳認命，但也不是永遠妥協。和妳同一個年代的女人一樣，都像蒲公英的種子，被大時代的風吹著，扎根土地，變成一株不起眼的植物；開花，開枝散葉，也樂於看著長大的孩子們漸行漸遠。

然後像花朵辭枝一樣，隨著大自然的規律枯萎，化成泥土。不曾揚眉吐氣，也絕對不卑不屈。

或者每一個人來到這世界上，都有不同的任務，妳總是明白任務何在。

妳讓我知曉，一個人未必需要有很大的志願，但是有責任做好自己，也不對自己失望。

就算對這個世界失望了，被某一些事辜負了，也不呼天搶地，也不失去自己的姿態。

人們本來就不是為了要迎合誰的期望而存在，也無需抱怨世界不符合我們的想像。

我人生最甜美的回憶，仍然是妳牽著我的手，一起走到傳統市場，低下頭來問我：妳想吃什麼？

我非常想妳。

想妳的時候，我並不悲傷，因為那些零零碎碎的美好回憶，我的淚水總是那麼溫暖。

在人生中，曾經擁有一個你不想讓他失望的人，是絕頂幸福的。

*　*　*

謝謝她們所帶來的一切。

而我雖然走在不一樣的命運甬道上，

但我明白，我們承擔著同樣重大的使命。

*　*　*

曾祖母手上抱的是我的弟弟，吳育誠，已逝。祖母手上抱的是我的表弟江曉瑋。
那天我傳照片給表弟，說：「這張照片就我們倆還活著，一起加油！」

所有的過去，都將以另一種方式歸來

作　　者—吳淡如
主編暨行銷企劃—葉蘭芳
編輯協力—華佑明
校　　對—林峰丕、聞若婷
封面設計—FE 設計葉馥儀
封面攝影—William Pan
封面題字—林峰丕
作者照片提供—崴爺
內頁插畫—Littse
內頁設計排版—李宜芝

董 事 長—趙政岷
出 版 者—時報文化出版企業股份有限公司
108019 台北市和平西路三段二四〇號三樓
發行專線—（〇二）二三〇六六八四二
讀者服務專線—〇八〇〇二三一七〇五
（〇二）二三〇四七一〇三
讀者服務傳真—（〇二）二三〇四六八五八
郵撥—一九三四四七二四時報文化出版公司
信箱—一〇八九九台北華江橋郵局第九九信箱

時報悅讀網—http://www.readingtimes.com.tw
法律顧問—理律法律事務所 陳長文律師、李念祖律師
印　　刷—勁達印刷有限公司
初版一刷—二〇二二年七月八日
定　　價—新臺幣三〇〇元
（缺頁或破損的書，請寄回更換）

時報文化出版公司成立於一九七五年，
並於一九九九年股票上櫃公開發行，於二〇〇八年脫離中時集團非屬旺中，
以「尊重智慧與創意的文化事業」爲信念。

所有的過去，都將以另一種方式歸來 / 吳淡如文 . -- 初版 . --
臺北市 : 時報文化出版企業股份有限公司 , 2022.06
面；　公分

ISBN 978-626-335-454-8(平裝)

863.55　　111007004

ISBN 978-626-335-454-8
Printed in Taiwan